KB113148

백치 I

일러두기

- 이 책은 Fyodor Dostoevskii, Trans. Eva Martin, 『*The Idiot*』(Project Gutenberg, 2001)와 프랑스어 판인 Trans. Victor Derély, 『*L'idiot*』(Plon, 1887)을 참고했습니다.

Идиот

백치 I

표도르 도스토예프스키 지음

살림

『백치』 캐릭터 구상화 및 원고 사진

1867년 『백치』를 집필할 당시 도스토예프스키가 작성했던 몇 점의 구상화와 자필 원고 등이 현재까지 전해지고 있다. 그는 그해 12월 즈음에 최종 원고 작업에 돌입했으며, 이듬해인 1868~69년에 걸쳐 『러시아 통보』지에 작품을 게재하게 된다.

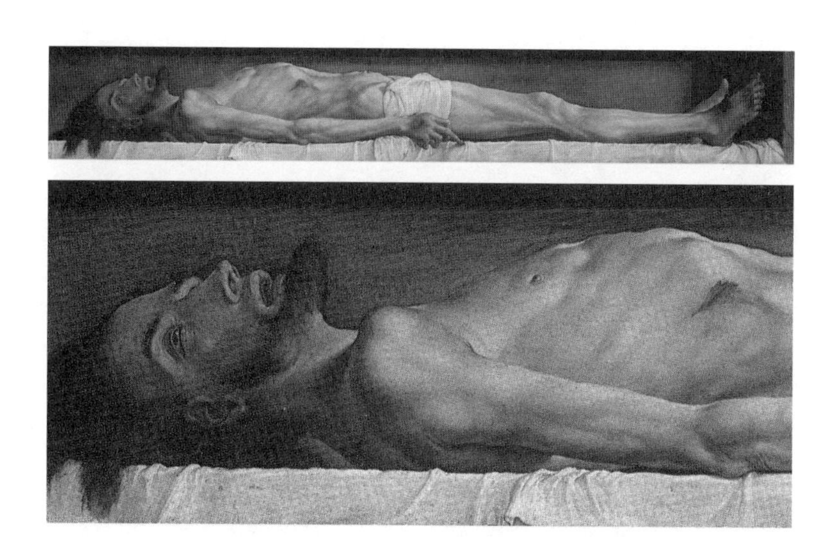

「무덤 안 죽은 그리스도의 몸(The Body of the Dead Christ in the Tomb)」

독일의 화가 한스 홀바인이 그린 작품으로, 작중 로고진의 집에 걸려 있는 것으로 나온다. 이 그림 앞에서 공작은 로고진과 함께 신앙에 관한 이야기를 주고받게 된다. 1867년 8월 도스토예프스키 부부는 제네바로 가는 도중 일부러 바젤에 들러 미술관을 방문한다. 오래전부터 이 작품을 알고 있었던 도스토예프스키는 이때 처음으로 이 그림을 두 눈으로 직접 보게 된다. 그의 부인은 그가 이 그림에 압도당해 한참 동안 자세히 들여다보고 있었다고 회고한다. 그만큼 도스토예프스키는 이 그림에 깊은 감명을 받았던 것이다. 강렬했던 경험을 바탕으로 소설 속에 등장하게 된 이 그림은, 이후 『백치』라는 소설을 대표하는 그림으로도 유명해진다.

표트르 차디닌 감독의 영화 〈백치〉

1910년 러시아에서 만들어진 무언극 영화로, 도스토예프스키의 소설을 각색한 최초의 영화로 알려져 있다. 도스토예프스키는 러시아를 대표하는 문호인 만큼, 이후 그의 작품은 TV 미니 시리즈, 영화 등으로 여러 차례 제작되었다.

알렉산드르 세르게예비치 푸시킨

제정 러시아의 시인이자 소설가다. 러시아 리얼리즘의 기초를 확립하여 러시아 근대 문학의 시조로 불린다. 작중 언급되는 「가난한 기사」는 푸시킨의 작품에서 발췌된 시로, 후일 집필한 『악령』에도 푸시킨의 시가 서두를 장식했다. 말년에는 '푸시킨에 대한 연설'을 할 정도로 도스토예프스키의 생애를 통틀어 깊은 영향을 준 예술가 중의 한 명이라 할 수 있다.

백치 I 차례

제 1 부

제1장

아직 날씨가 얼어붙지 않은 11월 말 어느 날 아침 9시경이었다. 안개 자욱한 축축한 대기를 뚫고 바르샤바와 페테르부르크 간 왕복 열차가 증기를 한껏 내뿜으며 전속력으로 페테르부르크로 들어서고 있었다. 짙은 안개에 열차 창문을 통해 바깥 풍경을 식별하기가 힘들 정도였다. 승객 중에는 외국에서 돌아오는 사람들도 있었지만 가장 붐비는 3등 객실은 주로 그리 멀지 않은 곳으로부터 오는 승객들로 채워져 있었다. 승객 모두들 지쳐 있었고 추위에 얼어붙어 있었다. 모두들 밤새 잠을 이루지 못해 눈꺼풀이 무거웠고 안개 때문에 더욱 누렇게 떠 보이는 얼굴이었다.

동이 틀 무렵부터 열차 3등 객실 창가에 두 승객이 마주 앉아 있었다. 둘 다 젊었으며 허름한 옷차림을 하고 있었지만 둘 다 눈에 띌 만한 용모였다. 그중 한 명은 스물일곱 살가량으로 작은 키에 검은색의 곱슬머리였으며 작지만 이글거리는 잿빛 눈을 하고 있었다. 코는 펑퍼짐했고 광대뼈가 나와 있었으며 얇은 입술로는 남을 조롱하는 듯한, 심지어 악의를 품은 듯한 미소를 계속 흘리고 있었다. 하지만 훤칠하고 잘생긴 이마가 그 아랫부분의 결점을 덮어주고 있었다. 그의 얼굴에서 가장 두드러지는 것은 거의 송장처럼 창백한 낯빛이었다.

그는 두꺼운 양털 외투를 입고 있었기에 밤에 별로 추위를 느끼지 않았지만 맞은편의 사내는 달랐다. 그는 러시아의 가을 추위에 대비하지 못했던 듯, 큼직한 두건이 달린 두툼한 소매 없는 망토만 걸치고 있어서 밤새 추위에 시달렸다. 그런 망토는 이탈리아나 스위스 등에서 먼 곳을 여행할 때 흔히 걸치는 것이었다. 그곳에서는 아주 유용할 그 망토가 러시아에서는 무용지물이었다. 그 망토를 걸친 사내는 중간 조금 넘는 키의 스물예닐곱쯤 돼 보이는 젊은이였다. 숱이 많은 금발이었고 볼이 움푹 들어가 있었으며 거의 백발에 가까운 뾰족한 턱수염을 기르고 있었다. 그의 부드러우면서도 둔중한 시선을 유심히 살펴본 사람이라면 그가 혹시 간질 증세를 앓고 있는 것은 아닌지

의심해볼 만했다. 하지만 비록 추위에 파랗게 질리긴 했어도 대단히 잘생긴 얼굴이었다.

양털 외투를 입은 사내가 그에게 말을 걸었다. 무언가 그 사내에게 마음이 끌렸던 것이고 망토의 사내도 마찬가지로 상대방과 이야기를 나누고 싶었던 참이었다. 만일 두 사람이, 왜 자신들이 주목을 받을 만한 사람들이었는지 알았더라면, 이렇게 바르샤바-페테르부르크 간 열차에 둘을 마주 앉게 만든 운명에 대해 적잖이 놀랐으리라.

"추우신가 보죠?" 외투의 사내가 어깨를 으쓱하며 물었다. 그의 입술에는 무례해 보이는 미소가 흐르고 있었다. 이웃의 불행을 보고 흡족해하는, 교양 없는 사람이 이따금 내보일 수 있는 미소였다.

"정말 춥네요." 상대방이 마치 기다렸다는 듯 대답했다. "아직 해동기인데 이 정도니 진짜 얼어붙으면 어떻겠어요? 우리나라가 이 정도로 추울 줄은 생각조차 못 했어요. 이제 이런 기후에는 익숙지 않게 되었나봐요."

"외국에서 오시는가 보지요?"

"네, 스위스에서 오는 길입니다."

망토를 걸친 사내는 진지하게 대답했고, 이윽고 대화가 시작되었다. 그는 4년간 러시아를 떠나 있었다. 병 때문이었다. 떨림과 경련을 동반하는 이상한 신경계 질환이었다. 그의 이야기를 들으면서 검은 머리 청년은 여러 차례 웃음을 터뜨렸고, 특히 "병은 다 고쳤습니까?"라는 자신의 질문에 금발의 청년이 "아뇨, 아직 못 고쳤습니다"라고 대답했을 때는 눈에 띌 정도로 크게 웃었다.

검은 머리가 그를 날카롭게 바라보며 말했다.

"그자들이 헛돈만 쓰게 만든 게 틀림없어! 그런데도 여기 사람들은 그런 놈들을 철석같이 믿는다니까!"

"맞아요!" 그때, 그들 옆에 앉아 있던 허름한 차림의 사내가 그들의 대화에 끼어들었다. "정말 그래요. 놈들이 러시아의 돈을 다 빨아먹는다니까!" 하급 관리 복장의 마흔쯤 돼 보이는 사내였다. 그 사내는 붉은 코에 얼굴이 얽어 있었다.

"아, 제 경우는 전혀 그렇지 않아요. 제가 사정을 잘 모르니 당신들 말에 왈가왈부할 수는 없지만 저를 담당했던 슈나이더 의사는 온갖 출혈을 다해서 제가 러시아로 돌아올 여비를 마련해 주었어요. 거의 2년 동안 무료로 저를 치료해주었고요." 금발 청년의 대답이었다.

"뭐요? 당신 치료비를 대줄 사람이 아무도 없었단 말이오?"

검은 머리가 물었다.

"그렇습니다. 제가 스위스에 있을 때 제 뒤를 봐주셨던 파블리쉬체프 씨가 2년 전에 돌아가셨어요. 그래서 곧장 이곳 예판친 장군 부인에게 편지를 썼습니다. 먼 친척뻘이 되거든요. 그런데 답장이 없어서 이렇게 돌아가는 길입니다."

그의 입에서 파블리쉬체프와 예판친 장군의 이름이 나오자 관리 차림의 사내가 다시 끼어들었다.

"예판친 장군이요? 나도 잘 알고 있습니다요. 누구나 아는 이름인데요. 당신을 후원해준 고(故) 파블리쉬체프도 압니다. 니콜라이 안드레예비치 파블리쉬체프 맞지요? 사촌이 두 명 있고 그중 한 명은 크림반도에 살고 있는 양반…… 대단한 분이었지요. 한창때는 농노를 4천 명이나 거느리고 있었지요."

청년은 "네, 그분 맞습니다"라고 대답한 후, 이 척척박사를 신기한 듯 눈여겨 바라보았다. 하긴 중요한 일에는 관심도 없으면서 아무개가 누구와 친한지, 재산은 얼마인지, 기혼인지 미혼인지, 결혼했다면 지참금은 얼마인지, 친척으로는 누가 있는지 등 시시콜콜한 일은 훤히 꿰뚫고 있는 사람은 늘 있는 법이다. 그 중년 사내가 바로 그런 사람이었다.

둘이 대화를 나누는 동안 검은 머리 청년은 무심코 창밖을 내다보고 있었다. 빨리 이 여행이 끝나기를 기다리는 것 같았다. 뭔가 멍하니 생각에 잠긴 것 같았으며 불안해 보이기도 했다. 그의 태도는 정말 이상했다. 눈길을 주고 있으면서 아무것도 보지 않는 것 같았고, 귀를 기울이고 있으면서 아무 소리도 듣지 않는 것 같았으며, 갑자기 웃음을 터뜨리기도 했지만 자신이 왜 웃는지조차 모르는 것 같았다.

"그런데 당신 성함을 여쭤봐도 되겠습니까?" 곰보 사내가 금발의 청년에게 물었다.

"레프 니콜라예비치 미쉬킨 공작입니다." 청년은 망설임 없이 즉시 대답했다.

"미쉬킨 공작이요? 레프 니콜라예비치라…… 잘 모르겠는데요…… 들어본 적이 없는데……." 곰보가 생각에 잠긴 표정으로 말했다. "아니, 그런 이름조차 모른다는 말은 아닙니다. 이름이야 역사적이지요. 하지만 그 가문 사람을 만나본 적은 없습니다."

그러자 젊은이가 즉각 대답했다.

"그럴 겁니다. 그 가문에 남은 사람이 저 혼자니까요. 제가 마지막일 겁니다. 그런데 어떻게 예판친 장군 부인이 미쉬킨 가문의 마지막 여자가 된 건지는 저도 잘 모르겠습니다."

대화가 거기에 이르렀을 때 그때까지 입을 닫고 있던 검은 머리의 사내가 불쑥 입을 열어 미쉬킨 공작에게 물었다.

"당신 혹시 로고진 가문에 대해 아시오?"

"전혀 들어본 적이 없는데요. 그 가문 사람은 만나본 적도 없고요. 당신이 혹시 로고진 가문 사람이신가요?"

"그렇소, 내 이름은 파르펜 로고진이오."

그의 입에서 그 이름이 나오자 곰보 관리의 표정이 일순 확 변했다. 놀라움에 두 눈이 휘둥그레졌으며 얼굴에는 비굴할 정도로 존경의 기색이 떠올랐다. 심지어 겁에 질린 것 같기도 했다.

"아니…… 이럴 수가…… 그렇다면 바로 당신이 세묜 파르페노비치 로고진 씨의 자제분? 한 달 전에 250만 루블의 유산을 남기고 세상을 떠나신 저 유명한 부호의 자제분……?"

"250만 루블의 재산을 남겼다는 걸 당신이 어떻게 알지?" 로고진은 관리에게 눈길도 주지 않은 채 오만하게 그의 말을 잘랐다. "사실이야. 한데 프스코프에 있던 나는 한 달이 넘어서야 그 소식을 들었지. 그래서 이렇게 허겁지겁 가고 있는 거지. 망할 놈의 동생 놈도 그렇고 어머니조차 나를 거들떠보지도 않았으니……."

"어쨌든 최소한 100만 루블은 상속받게 되지 않았습니까?"

관리가 손을 비비며 말했다.

"그래, 그게 어쨌다는 거지? 도대체 당신과 무슨 상관 있다고…… 내 앞에서 물구나무를 서서 걷더라도 당신 같은 사람에게는 한 푼도 안 줄 텐데…… 1주일 내내 춤을 춰도 소용없어."

"아이고, 상관없습니다요. 한 푼도 안 주셔도 됩니다요. 그래도 저는 춤을 출 겁니다요. 마누라고 자식이고 다 팽개치고 나리 앞에서 춤을 출 겁니다요."

그러자 검은 머리의 청년이 "웃기고 있군!"이라고 내뱉으며 그를 향해 침을 찍 쏘았다. 그런 후 그가 공작을 향해 말했다.

"5주 전만 하더라도 나도 당신처럼 보따리 하나 달랑 들고 가출해서 프스코프의 아주머니 집으로 찾아갔었다오. 거기서 난 앓아누워 있었고, 그사이 아버지가 중풍으로 돌아가신 거요. 아버지의 명복을! 하지만 난 그 아버지 손에 맞아 죽을 뻔했으니…… 공작, 정말이오. 그때 내가 도망가지 않았다면 나는 정말 아버지에게 맞아 죽었을 거요."

"아버지의 노여움을 살 만한 일이 있었나보지요?" 공작은 호기심에 찬 눈으로 이 허름한 복장의 백만장자를 살펴보았다. 그가 거액을 상속받았다는 사실 외에도 그에게는 뭔가 호기심을 끄는 것이 있었다.

"실은 나스타시야 필리포브나 때문이지요."

로고진의 입에서 여자 이름이 나왔다.

그의 입에서 그 이름이 나오자 관리가 비굴한 웃음을 띠며 "나스타시야 필리포브나라고요?"라고 되물었다. 마치 무엇인가 생각난 듯했다.

"당신이 뭘 안다고 그래?"

"제가 아는 이름인뎁쇼. 이 레베데프는 모르는 게 없거든요! 그분의 성은 바라쉬코바이지요. 양갓집 규수에다 공작 가문의 딸이라고 할 수 있지요. 토츠키 씨와 그렇고 그런 관계라는 것도 알려져 있고요. 토츠키 씨는 대지주이며 여러 회사에서 중역 일을 맡고 있고, 또 예판친 장군과도 가까운 사이이지요. 헤헤, 저는 나리께서 바로 그 여자 때문에 아버님의 채찍을 맞고 도망간 것도 알고 있습니다요."

"뭐야, 정말로 모르는 게 없군."

이어서 로고진은 미쉬킨 공작에게 사연을 이야기해주었다.

로고진의 아버지는 엄청난 부자였지만 돈에 관한 한 그런 자린고비가 따로 없었다. 로고진은 대부호의 아들이면서 행색도 초라하게 지낼 수밖에 없었으며 주머니에 돈 한 푼도 없이 지내야만 했다. 그런 그가 어느 날 길을 가다가 가게에서 나와 막

마차에 오르는 나스타시야 필리포브나를 보고 한눈에 반하고 말았다. 그와 함께 있던 친구가 그녀의 신상에 대해 알려주었고, 그녀와 그렇고 그런 관계인 토츠키가 그녀를 떼어내려 애쓰고 있다는 사실도 알게 되었다. 쉰다섯 살인 토츠키는 아주 예쁜 젊은 여자와 결혼하겠다는 계획을 품고 있었고, 그 때문에 나스타시야를 떼어낼 심산이었던 것이다.

로고진의 아버지가 어느 날 로고진에게 5천 루블짜리 채권을 두 장 주면서 현금으로 바꿔 오라는 심부름을 시켰다. 그는 그 돈으로 다이아몬드 귀고리를 한 쌍 샀다. 그리고 나스타시야와 알고 지내는 친구에게 사정해서 그녀의 집으로 찾아가 귀고리를 선물했다. 그 일은 곧 아버지에게 들통이 났다. 1만 루블이 아니라 10루블만 어떻게 되어도 가만두지 않을 사람이었으니 단단히 사달이 나는 게 당연했다. 그의 아버지는 나중에 두고 보자며 그를 가둬둔 후 귀고리를 돌려달라고 나스타시야에게 달려갔다. 그사이, 그는 어머니에게 사정해서 줄행랑을 놓아버렸다. 물론 나스타시야는 그의 아버지에게 귀고리를 선선히 돌려주었다.

그의 이야기를 귀담아듣고 있던 관리가 비굴한 웃음을 띠며 말했다.

"나리, 이제 나스타시야 필리포브나와 한바탕 어울릴 수 있겠는뎁쇼. 이제 그깟 귀고리 따위가 문제겠습니까? 더 좋은 것들을 선물할 수 있는뎁쇼."

"그 입에서 그녀 이름 한 번만 더 나오면 맞을 줄 알아!" 로고진이 레베데프의 팔을 사납게 붙잡으며 소리쳤다.

"저를 때리시겠다고요? 저를 내치지는 않으시겠다는 거로군요! 실컷 때려주세요! 누군가를 때린다는 건, 그만큼 가깝게 맺어졌다는 표시 아니겠어요? ……아, 벌써 도착했네요."

정말로 기차는 역으로 들어서고 있었다. 어떻게들 알았는지 몇 사람이 로고진을 마중 나와 있었다. 그들을 바라보던 로고진이 갑자기 공작에게 말했다.

"공작, 왠지 모르겠지만 당신에게 호감이 가오. 아마 이런 상황에서 우연히 만났기에 그런 모양이오. 오늘 당장 내게 오시오. 내 당신을 멋지게 차려입히겠소. 주머니에 돈도 가득 채워주고…… 그리고 나와 함께 나스타시야에게 가는 거요. 어떻소? 오시겠소, 안 오시겠소?"

공작은 선선히 그러겠다고 대답했다. 로고진은 레베데프에게 따라오라고 말한 후 그를 마중 나온 무리에게 갔다. 이윽고 그들이 마차를 타고 사라지자 공작은, 사람들에게 자기가 가야 할 곳이 어디쯤인지 물었다. 그곳이 3킬로미터 정도 떨어진 거리에 있다는 것을 알게 된 공작은 마차를 타고 가겠다고 결정했다.

제2장

예판친 장군은 리테이나야 거리에 있는 자기 소유의 집에서 살고 있었다. 그는 이 큰 집의 6분의 5를 세주고 있었으며, 사도바야 거리에도 역시 거대한 집을 하나 소유하고 있어 엄청난 수입을 벌어들이고 있었다. 그는 이 두 채의 집 외에도 페테르부르크 근교에 영지를 소유하고 있었으며 도시 다른 쪽에는 공장도 운영하고 있었다. 그는 부자인 데다 여러 사업을 하고 있었고 발도 무척 넓은 사람이었다. 그는 사병 집안 출신으로 출세를 한 대단히 현명하고 영리한 사람이었다. 게다가 나이로도 그는 최고의 전성기에 올라 있었다. 그에게 쉰여섯이라는 나이는 이제 여생을 즐길 만한 일만 남아 있는, 진정한 삶이 시작되는 나이였다. 게다가 건장한 체질, 넘쳐흐르는 건강, 생기 넘치는 혈색, 비록 검은색을 띠고 있지만 단단한 치아 등, 신체적인 조건도 그의 성공을 증명해주고 있었으며 그의 인생을 장밋빛으로 수놓아주고 있었다.

장군은 마치 꽃이 만개한 것 같은 가족들을 거느리고 있었다. 장군에게는 아내와 장성한 세 딸이 있었다. 장군 부인은 변변찮은 집안의 여자였지만 유서 깊은 미쉬킨 공작 집안의 혈통을 물려받았다는 사실에 대단한 자부심을 느끼고 있었다.

장성한 세 딸은 지참금도 넉넉하고 아버지는 더 높은 지위에 오를 가능성이 있으며 어머니 쪽으로 공작의 혈통을 물려받은 일등 신붓감들이었다. 게다가 세 딸은 모두 미모가 출중했다. 맏딸 알렉산드라는 스물다섯 살이었고 둘째 아델라이다는 스물셋, 막내 아글라야는 스무 살이었다. 특히 막내 아글라야는 뛰어난 미인으로서 사교계의 비상한 관심의 대상이었다. 셋은 모두 좋은 교육을 받은 데다 재능도 뛰어났으며 우애도 좋았다. 게다가 그녀들은 사교계에 드나드는 것을 별로 좋아하지 않았으며 겸손하기까지 했다. 하지만 모두들 자부심이 대단히 강하다는 것은 널리 알려져 있었다. 맏언니는 음악가였으며 둘째는 화가였지만 그 사실을 아는 사람은 거의 없었다. 사교계에서는 그녀들에 대한 찬사가 끝없이 이어졌다. 물론 그녀들에 대한 악의적인 험담이 전혀 없는 것은 아니었다. 예컨대 그녀들이 지나칠 정도로 독서를 한다는 둥, 결혼을 서두르지 않는다는 둥, 자기네가 속한 사교계를 우습게 안다는 둥의 험담이었다. 하지만 어찌 보면 그런 험담들은 오히려 그녀들을 더 두드러져 보이게 했을 뿐이었다.

미쉬킨 공작이 장군의 집 초인종을 눌렀을 때는 오전 11시가 가까웠을 때였다. 장군은 2층에 살고 있었으며 자신의 지위에 누(累)가 가지 않을 정도로만 알맞게 검소하게 살고 있었다.

제복을 입은 하인이 그에게 문을 열어주었다. 공작은 자신의 차림새와 보따리를 수상쩍은 눈으로 바라보는 하인과 오랫동안 입씨름을 해야만 했다. 자신이 틀림없이 미쉬킨 공작이며, 긴한 볼일이 있어 왔다는 말을 누차 반복한 뒤에야 하인은 그를 대기실로 데려갔다. 대기실에서는 손님들을 장군에게 안내하는 시종이 그를 맞았다. 시종은 40대쯤 되어 보였으며 연미복을 입고 있었다.

"응접실로 들어가시지요. 짐은 여기 놓으시고요." 시종이 여유 있게 안락의자에 앉으며 공작에게 말했다. 하지만 공작이 보따리를 놓지 않고 옆의 의자에 앉자 좀 놀란 눈으로 그를 바라보았다.

공작이 말했다.

"괜찮으시다면 여기서 당신과 함께 기다리겠습니다. 나 혼자 들어갈 필요가 있겠습니까?"

시종은 보통 방문객과는 사뭇 다른 차림인 공작을 시종 의심하는 듯한 눈초리로 쳐다보았다.

"외국에서 오신 모양이군요. 그런데……." 그는 마지못해서인 듯 말했다. 하지만 정작 묻고 싶은 말은 입에서 나오지 않았다. 그러자 공작이 말했다.

"네, 방금 역에서 내리자마자 온 겁니다. 내가 정말 공작이 맞느냐고 물어보려던 거지요? 예의상 그 말이 입에서 떨어지지 않는 거지요?"

시종은 좀 당황한 듯 말했다.

"어쨌든 비서 가브릴라 아르달리오노비치가 올 때까지 기다려주십시오. 장군님께서는 지금 손님과 면담 중이십니다. 비서가 올 때까지 좀 기다리셔야…… 그런데, 정말 응접실에서 기다리셔야 하는데…… 안 그러면 제가 야단을 맞습니다……." 시종은 보따리를 곁눈질하며 물었다. 아무래도 초라한 보따리가 마음에 걸리는 모양이었다.

"내가 행색이 이렇다고 그런 눈으로 볼 건 없어요. 지금 형편이 좀 안 좋은 것뿐이니."

"아니, 저는 그저 보고를 해야 해서. 비서가 나오려면…… 혹 손님께서…… 돈이 필요해서 장군님을 만나시려는 거나 아닌지……."

"아니, 절대 그런 게 아니니 안심하시오."

"그렇다면 혹시 이 집에 머무르실 건지……." 시종은 다시 보따리를 곁눈질하며 물었다.

공작이 대답했다.

"아뇨, 그럴 생각 없습니다. 나보고 그러라고 권해도 머물지 않을 겁니다. 단지 주인들과 인사를 나누기 위해 온 것뿐이오."

"아니, 인사를 나누기 위해 오셨다고요? 하인에게 긴한 볼일이 있다고 말씀하시지 않았나요?"

"나도 모르게 좀 과장한 셈이 되었군요. 하긴 장군에게 조언을 좀 듣고 싶으니 그것도 볼일이라면 볼일이겠지요. 하지만 내가 원하는 건 예판친 가족과 인사를 나누는 겁니다. 장군 부인 역시 미쉬킨 공작 가문 사람이고, 나와 부인은 그 가문의 마지막 사람들이기 때문이지요."

공작의 그 마지막 말이 시종을 극도로 불안하게 만든 모양이었다. 그는 아연해서 말했다.

"아니, 게다가 친척까지 되신단 말입니까?"

"뭐 그런 셈이랄까…… 물론 분명 인척 관계지요. 하지만 너무 먼 친척이라 아무 관계가 없을 수도 있어요. 외국에 있을 때 공작 부인에게 편지를 한 번 했지만 답장을 받지는 못했어요. 하지만 이렇게 귀국한 마당에 인사라도 하는 게 도리라고 생각했지요. 미쉬킨 공작이 왔다고 가서 전해요. 만나겠다고 해도 좋고 안 만나겠다고 해도 좋아요. 하지만 공작 부인은 나를 꼭 만나려 할 거요. 듣자 하니 혈통을 아주 자랑스러워하신다고 했으니…… 자, 비서를 기다릴 것 없이 가서 보고를 하시오."

시종은 자신과 그런 이야기를 허물없이 나누는 공작이 좀 이상하다고 생각했다. 어쩌면 좀 백치(白癡)처럼 보이기도 했다. 하지만 그렇더라도 장군의 시종인 주제에 부인의 친척과 더 이상 입씨름을 벌인다는 것은 건방진 일이라는 생각이 들어 더 이상 응접실로 들어가라고 권하지 않았다.

시종은 그가 외국에 오래 살았는가 물었고, 공작이 4년간 있었다고 대답하자 화제가 외국의 날씨 등으로 옮아갔다가 러시아와 외국의 재판제도의 차이가 화제로 떠올랐다.

시종이 물었다.

"외국에서는 재판이 여기보다 공정하게 이루어지나요? 여기서는 재판에 대해 이러쿵저러쿵 말들이 많아서……."

"그런 건 모릅니다. 어쨌든 우리 사법제도가 좋다는 말은 많이 들었어요. 예를 들어 우리나라에서는 이제 사형제도가 없어졌잖아요."

"그럼 외국에서는 사형을 집행하나요?"

"그래요. 프랑스 리옹에서 직접 본 적이 있어요. 슈나이더 씨와 간 적이 있었지요."

"목을 매다나요?"

"아뇨, 프랑스에서는 목을 자릅니다. 기요틴이라는 단두대이지요."

"그럼 사형수가 막 울부짖겠네요."

"아니, 어떻게! 한순간에 집행되어버리는데…… 사람을 단두대에 올려놓자마자 순식간에 작두날이 떨어져요. 보기만 해도 끔찍하지요…… 사람들이 모여서 구경합니다. 여자들도 있어요." 공작은 말을 계속했다.

"나는 마흔 살 정도의 사내가 처형되는 걸 봤어요. 울음을 터뜨리더군요. 나는 그가 무서워서 울음을 터뜨렸다고 보지 않아요. 그건 영혼이 터뜨린 울음이에요. 그 짧은 순간 그의 영혼에 어떤 일이 벌어졌을까요? 얼마나 큰 고통에 사로잡혔겠어요?

그건 그의 영혼에 대한 테러일 뿐 다른 그 어떤 것도 아니에요. 다들 '살인을 하지 말라!'고들 하지요. 그런데 그가 사람을 죽였다고 해서 그를 죽이다니요! 그건 절대 안 돼요. 그걸 본 지 한 달이 지났지만 여전히 그 광경이 눈앞에 어른거려요. 그 꿈을 다섯 번이나 꿨어요."

그는 여전히 조용히 말을 하고 있었지만 얼굴에는 가벼운 홍조를 띠고 있었다. 그의 이야기를 흥미롭게 듣고 있던 시종이 한마디 했다.

"그래도 그런 식으로 처형을 하면 최소한 고통이 오래 계속되지는 않을 것 아닌가요?"

그러자 공작이 흥분해서 말했다.

"다들 그렇게들 말하지요. 그래서 기요틴도 만든 거고…… 하지만 그 장면을 바라보며 나는 이런 생각을 했어요. 그렇게 신속하게 처형하는 게 더 잔인한 게 아닐까 하는 생각…… 좀 이상하게 들리지요? 터무니없어 보이고…… 하지만 그 광경을 마음속에 그려보기만 해도 그런 생각이 저절로 떠오를 거예요. 자, 고문에 대해 한번 생각해보세요. 온몸에 상처를 입게 되고 육체적 고통을 겪게 되지요. 하지만 그렇게 육체적 고통을 겪는 동안에 정신적 고통은 덜어질 겁니다. 죽을 때까지 오로지 상처가 주는 아픔만 느낄 뿐이니까요. 하지만 원칙적으로 가장 큰 고통은 육신이 겪는 고통이 아니에요. 한 시간 후에, 이어서 10분 후에, 이어서 30초 후에, 그리고 당장 당신의 영혼이 육신을 떠나 날아가버리고 더 이상 사람으로 존재하지 않게 된다는 생각, 그리고 분명히 그렇게 되리라는 생각, 그게 가장 고통스러운 겁니다. 그래요. 최악은 바로 그 분명함에 있어요. 머리를 작두날 밑에 올려놓고 그 작두날이 모가지 위로 미끄러져 내려오는 그 찰나의 순간보다 더 끔찍한 것이 있을까요? 내 상상력으로 하는 말이 아닙니다. 이미 많은 사람이 그런 이야기를 했어요.

내가 사형제도를 반대하는 것은 그 때문입니다. 살인했다고 그를 사형에 처하는 것은 그가 저지른 범죄에 비해 너무나 가혹하기 때문이지요. 밤중에 숲에서 강도를 만나 살해의 위험에 처한 사람은 마지막 순간까지도 살아남을 수 있다는 희망을 품을 수 있어요. 그 희망이 있는 한 그 사람은 편히 죽을 수 있습니다. 하지만 사형 선고는 그 마지막 희망을 무참히 빼앗아버리지요. 죽음을 피할 수도 있다는 희망이 사라져버리는 것, 그게 정말 처참한 고통이고 이 세상에 그보다 더 심한 고통은 없어요. 그 누구도 미치지 않은 채 그 고통을 견뎌낼 수 있는 사람은 없을 겁니다. 인간은 그런 고통도 참아낼 수 있다고요? 말도 안 돼요. 너무 잔인한 말이에요. 누군가 사형선고를 받고 공포에 사로잡혀 있다가 사면을 받은 사람이 있을지도 모르지요. 그런 사람이라면 그 고통에 대해 생생하게 이야기해줄 수 있을지도 모릅니다. 예수님조차 그런 공포에 대해 말씀하시지 않으셨나요? 정말이지, 인간을 그런 식으로 다루면 안 되는 겁니다."

공작의 말에 시종의 얼굴이 한결 유순해졌다. 대강 중요한 뜻은 전달된 것 같았다.

그때 대기실로 한 청년이 서류를 든 채 나타났다. 시종이 그에게 말했다.

"가브릴라 아르달리오노비치, 이분은 미쉬킨 공작이시고 사모님의 친척이십니다. 기차 편으로 방금 외국에서 도착하셨습니다."

이어서 그가 청년에게 낮게 뭐라고 속삭였고, 그 목소리는 공작에게 들리지 않았다. 이윽고 청년이 미쉬킨에게 다가와 "미쉬킨 공작이십니까?"라고 매우 상냥하게 인사했다. 금발에 중키 정도의 스물여덟 살 먹은 청년이었다. 미쉬킨은 서둘러 자신을 소개했다. 그때 서재의 문이 열리며 가방을 든 군인이 큰 목소리로 인사를 하며 그곳에서 나왔다. 가브릴라는 공작에게 목례를 한 후 서재로 급히 들어갔다.

2분가량 지났을 때 서재 문이 다시 열리며 비서의 낭랑하고 친절한 목소리가 들렸다.

"공작님, 어서 안으로 들어오십시오."

제3장

그가 안으로 들어가자 예판친 장군이 그의 앞으로 두어 발자국 다가섰다. 호기심에 찬 눈빛이었다. 공작이 그의 앞으로 다가서며 자신의 이름을 밝혔다. 그러자 장군이 공작에게 자리를 권한 후 자신도 자리에 앉으며 입을 열었다.

"아, 네…… 혹시 뭐, 도와드릴 일이라도?"

"급한 용무는 없습니다. 다만 장군님 가족들과 인사를 나누고 싶어서…… 저는 외국에 오래 있었고 방금 기차에서 내렸습니다."

장군은 미소를 띠고 낯선 방문객을 유심히 살펴본 후 입을 열었다.

"나는 사람들과 그냥 인사만 나눌 만큼 한가한 사람은 아닌

데…… 하지만 당신은 무슨 용건이 있는 것 같소만……."

"정말 인사를 드리려는 것 외에는 아무 목적이 없습니다. 다만 사모님께서 우리 가문 출신이라서…… 그게 물론 꼭 알고 지내야 할 이유가 되지 못하리라는 것도 잘 압니다. 하지만 저는 병 때문에 4년간 외국에 있었고 아는 사람도 거의 없고 아는 것도 없습니다. 더욱이 두 분이 훌륭하신 분들이라는 말을 들은 터라……."

장군은 약간 기막히다는 표정을 지었다.

"그렇다면 열차에서 내리자마자 내 집으로 왔단 말이오? 그럼 당장 머물 곳도 없단 말이오?"

"그렇습니다."

"당신 말을 듣자 하니 우리 집에서 머물 생각인 것 같은데……."

"장군께서 그렇게 권하시더라도 저는 그럴 생각이 없습니다. 특별히 거절할 이유는 없습니다만, 다만 제 성격에 맞지 않아서일 겁니다."

"그렇다면 그렇게 권하지 않길 잘했군요. 자, 우리 이제 좀 확실하게 해둡시다. 우리 둘 사이의 인척 관계가 별것 아니라는 것은 우리 둘 다 인정한 셈이지요? 물론 그럴 수 있다면 아주 반가운 일이겠지만…… 그러니…….”

“아, 그러니 자리에서 이만 일어나라는 말씀이시군요.”

공작은 그 말을 하면서 자리에서 일어났다. 아주 난감한 상황이었으면서도 그는 명랑하게 미소 짓고 있었다.

“제가 비록 페테르부르크의 생활에 익숙지 못하지만 우리들의 만남이 이런 식으로 끝나리라는 건 예상하고 있었습니다. 자, 안녕히 계십시오. 귀찮게 해드려서 죄송합니다.”

그 말을 할 때 공작의 표정은 더없이 솔직하고 순진해 보였으며 그의 미소에 불쾌한 기색이라고는 조금도 찾아볼 수 없었다. 그 모습을 보고 장군의 태도가 일순간에 바뀌었다. 갑자기 한 가지 생각이 떠오른 것이었다. 그는 조금 전과는 전혀 다른 목소리로 공작에게 말했다.

“공작, 사실, 나는 당신을 잘 모르오. 하지만 내 아내 리자베타가 같은 가문의 사람을 만나고 싶어 할지도…… 바쁘지 않다면 좀 기다려줄 수 있겠소?”

“아, 제가 바쁠 턱이 있겠습니까.” 공작은 모자를 탁자 위에 놓으면서 말을 이었다. “솔직히 말씀드리지만 부인께서는 아마 제 편지를 받으신 사실을 기억하고 계시리라 믿습니다. 조금 전에 시종은 제가 무슨 동냥이라도 얻으러 온 것이나 아닌지

의심하더군요. 분명히 말씀드리지만 무슨 꿍꿍이 같은 게 있어서 온 게 아닙니다. 오로지 당신 가족과 사귀고 싶어서 왔을 뿐입니다. 그런데 이렇게 당신을 귀찮게 해드렸으니……."

그러자 장군이 웃음을 띠고 말했다.

"정말 그렇다면 당신과 친하게 지내고 싶구려…… 사실, 난 좋은 사람들과 사귀는 걸 즐기는데…… 하지만 보다시피 이렇게 바쁜 몸이라…… 어쨌든 공작은 훌륭한 교육을 받은 것 같구려. 한데 나이는 얼마나 되셨소?"

"스물여섯입니다."

"그래요! 난 훨씬 어리게 봤는데……."

"네, 어려 보인다는 말을 자주 듣습니다."

"그런데 너무 단도직입적으로 묻는 걸 양해해주시오. 그래, 혹시 재산이라도 있소? 아니면 무슨 특별히 계획하고 있는 일이라도?"

"지금은 아무 재산도 없습니다. 당장은 하는 일도 없지만 찾아보아야겠지요. 이제까지 스위스에서 저를 돌봐주시던 슈나이더 씨가 주신 여행경비로 버텨왔지만 그것도 곧 바닥이 날 겁니다. 사실, 일이 필요하고 그에 대한 조언도 필요합니다. 하지만……."

그러자 장군이 그의 말을 막고 말했다.

"그렇다면 당신이 먹고살 만한 무슨 재능이나 소질 같은 건 있소? 이거, 미안하오. 너무 단도직입적으로……."

"아닙니다. 미안해하실 필요 없습니다. 저는 재주도 없고 소질도 없습니다. 몸이 아파서 공부도 제대로 하지 못했고…… 하지만 어쨌든 밥벌이를 해야 하니…… 아마도……."

장군은 다시 그의 말을 막고 이것저것 꼬치꼬치 묻기 시작했다. 공작은 이미 남들에게 해주었던 이야기를 다시 들려주었다. 알고 보니 장군은 죽은 파블리쉬체프와 친하지는 않더라도 알고 지내던 사이였다. 공작의 양친은 그가 아주 어릴 때 세상을 떠났다. 공작은 파블리쉬체프 씨가 왜 자신의 후견인이 되었는지도 자세히 몰랐다. 아마 작고한 선친과의 친분 때문인 것 같다고 말했다. 그리고 공작은 병이 자주 발작하는 바람에 자신이 거의 백치가 되었다고 스스럼없이 말했다. 슈나이더 교수는 파블리쉬체프 씨가 소개해준 사람이었다. 파블리쉬체프 씨가 2년 전에 죽자 슈나이더는 2년간 그를 더 돌보아주었다. 비록 완치가 되었다고 할 수는 없었지만 건강은 많이 회복되었기에 공작은 무작정 페테르부르크로 온 것이었다.

"그렇다면 러시아에 아는 사람이 하나도 없다는 말이오?"

"네, 그렇습니다."

"물론 글을 읽고 쓸 줄은 알겠지? 필체는 어떻소?"

"그건 자신 있습니다. 아마 제가 거기엔 재능이 있는지도 모르겠습니다. 마침 이 서재에 멋진 필기구들이 많이 있군요. 연필, 깃털 펜에 고급 종이들까지! 어떤 걸 써야 할지 말씀해주십시오. 지금 당장 솜씨를 보여드리지요."

장군은 그에게 종이와 펜을 갖다주라고 비서 가브릴라(가냐)에게 명령했고 미쉬킨 공작은 글을 쓰기 시작했다. 그런데 그가 글을 쓰는 사이 가냐가 가방에서 커다란 인물 사진을 꺼내 장군에게 건네주었다. 사진을 본 장군이 말했다.

"이게 뭔가? 아니, 나스타시야 필리포브나의 사진 아닌가?"

"예, 그렇습니다. 조금 전에 제가 생일 축하차 들렀더니 주더군요."

"오늘 저녁 나스타시야 필리포브나의 스물다섯 번째 생일 파티가 있지? 나도 가볼 작정이라네. 그런데 자네는 무슨 선물을 할 건가? 어쨌든 자네, 각오 단단히 하고 있어야 하네. 오늘 가부간 확답을 하겠다고 나와 토츠키에게 약속했거든."

가냐는 당황해서 얼굴빛이 변했다. 그가 떨리는 목소리로 되물었다.

"그녀가 정말 그렇게 말했습니까?"

"그저께 그렇게 약속했다네. 우리 둘이 집요하게 달려들어 겨우 약속을 받아낸 거야. 다만 당분간은 자네 모르게 해달라고 간청하더군."

장군은 뭔가 불안해하는 것 같은 가냐를 못마땅한 듯 바라보았다.

가냐가 더듬거리며 입을 열었다.

"장군님도 기억하시겠지만…… 그녀는 자신의 결심이 설 때까지 제게도 모든 것을 자유롭게 결정할 수 있는 권리를 주었습니다. 그러니, 제게도 할 말이……."

"아니, 그렇다면?"

"전 거절하는 게 아닙니다. 다만……."

"그렇다면 도대체 왜? 자네 어머니가 나스타시야를 탐탁지 않게 여겨서? 그녀가 토츠키와 함께 지냈다고? 아무도 그녀를 욕하고 손가락질할 수 없어. 다 사정이 있었던 거야. 그걸 이해 못 하다니, 자네 어머니도 참……."

"어머니도 이해하고 있으니 화내지 마십시오. 저희 집안일은 신경 쓰지 마십시오. 아무 문제 없습니다. 다만 아직 제가 마지막 말을 하고 있지 않을 뿐입니다."

공작은 글을 쓰면서 그들의 대화를 다 들었다. 쓰기를 마친 그는 장군이 앉은 책상 앞으로 와서 글을 건네주었다. 그는 사진을 유심히 바라보더니 열띤 목소리로 말했다.

"이분이 나스타시야 필리포브나인가요? 정말 놀랄 만큼 미인이군요."

그가 과장한 것이 아니었다. 사진 속 여인은 정말 보기 드문 미인이었다. 깊은 두 눈은 칠흑처럼 새까맣고 이마는 마치 사색에 잠겨 있는 듯했다. 꽤 갸름한 얼굴은 창백했지만 열정적이면서 동시에 그 뭔가 오만함 같은 것을 드러내고 있었다.

공작의 탄성에 장군과 가냐가 동시에 놀란 눈으로 그를 바라보았다.

"아니, 당신이 그녀 이름을 어떻게? 당신이 그녀를 알고 있단 말이오?" 장군이 물었다.

"네, 우연히 알게 되었습니다."

그런 후 그는 열차 안에서 로고진과 만나서 알게 된 일들을 모두 이야기해주었다. 그러자 장군이 약간 근심스러운 투로 말했다.

"그래, 그자에 대해서는 들은 게 있어. 그 귀고리 사건을 나스타시야가 다 이야기해주었지. 당시에는 그냥 어린애 장난 같은 거였는데…… 하지만 이제는 좀 달라. 그래, 이제는 100만 루블과, 놈의 열정이…… 이제는 그 열정의 냄새가 풍겨. 게다가 그런 작자들은 한번 눈이 멀면 못 하는 짓이 없거든…… 정말로 무슨 볼썽사나운 일이나 안 벌어지면 좋겠는데……. 어쨌든 가냐, 이 모든 일은 자네나 나나 토츠키에게도 모두 이익이 되는 일이니, 잘 생각하도록 하게. 자네, 나를 믿지? 게다가 자네는…… 자네는…… 한마디로 똑똑한 사람이야. 난 자네를 믿고 있네. 현명하게 처신해야 해."

그 말을 하면서 장군은 뭔가 안절부절못하는 것 같았다. 장군은 갑자기 미쉬킨 공작을 돌아보았다. 그가 자신들의 대화를 모두 들었을 것이라는 불안에서였다. 하지만 공작의 무심한 표정을 본 그는 안심했다. 그는 공작이 건네준 글로 눈길을 돌렸다. 그러고는 곧바로 탄성을 내질렀다.

"야, 이거야말로 서체의 교본이로군! 정말 보기 드문 솜씨야! 가냐, 이걸 보게! 정말 재주가 보통이 아니야!"

공작은 신이 나서 자신이 쓴 글들을 설명했다. 14세기경 수도원장들의 서체를 본뜬 글, 지난 세기 프랑스식 서체를 러시아어에 적용한 글, 러시아군 서체, 변형된 프랑스식 서체에 대해 그가 자세히 설명하자 장군은 더더욱 놀랐다.

"이거 단순한 서예가가 아니라 예술가로군!" 장군이 감탄했고 글씨를 살펴본 가냐도 동의했다.

"공작, 당장 어떤 분께 드릴 글을 부탁하리다. 그 솜씨로 당신은 한 달에 35루블씩 벌 수 있을 거요. 이런, 벌써 12시 반이로군. 급한 일이 있어 가봐야겠소. 조만간 관청에서 당신 일자리를 하나 찾아보겠다고 약속하지. 그리고 이 친구, 가브릴라와 잘 사귀어보시오. 이 친구 어머니와 누이가 빈방을 세놓고 있으니 거기서 지내는 게 좋을 거요. 이 친구 어머니는 나와 군생활을 함께한 퇴역 장군 이볼긴 장군의 부인이오. 하숙비도 적절하니 공작의 봉급으로 충분히 충당할 수 있을 거요. 자, 지금 공작의 주머니가 텅 비었을 테니 우선 이 25루블을 받아두시오. 나중에 셈을 치르는 걸로 합시다."

이어서 그가 가냐에게 말했다.

"어때, 이분이 자네 집에서 지내는 데 이의가 없겠지?"

"그럼요! 어머니도 기뻐하실 겁니다."

"자, 공작 어떻소? 당신도 동의하시오?"

"감사합니다. 정말 이렇게 배려를 해주셔서…… 다만 한 가지…… 아까 로고진이 자기 집으로 오라고 했는데……."

"로고진이라고요? 아니, 그건 안 됩니다. 아버지 같은 입장에서, 아니, 친구 입장에서 하는 충고인데, 로고진 따위는 잊어버려요."

"장군께서 그렇게 말씀해주신다면…… 그런데 한 가지 상의드릴 일이…… 제가……."

"아, 정말 미안하오. 지금 너무 바빠서…… 그래도 아내에게 당신 이야기는 하고 떠나겠소. 아내가 지금 당장 당신을 보길 원한다면 아내 마음에 들도록 애쓰길 바라오."

말을 마치고 장군은 밖으로 나갔다. 그가 서둘러 나가는 바람에 공작은 세 번이나 그와 상의하려 했던 문제를 입 밖에 꺼내지 못했다. 장군이 나가자 가냐가 공작에게 담배를 권했다. 둘은 담배를 피우며 이런저런 이야기를 나누었다. 그때 하인이 문가에 나타나 말했다.

"공작님, 장군님께서 공작님을 사모님께 모시라는 분부를 내리셨습니다."

미쉬킨 공작은 하인의 뒤를 좇아 나갔다.

제4장

공작이 예판친 장군의 가족들과 만나기 전에, 장군과 그의 가족 그리고 그의 주변 사람들에 대해 잠시 간략하게 소개해야겠다. 그래야 장군이 공작을 환영하듯 받아들인 이유와 그가 지금 처하게 된 상황을 정확히 이해할 수 있기 때문이다.

장군은 정규 교육을 받지 않은 독학자 출신이었다. 말하자면 자수성가한 인물이었다. 따라서 그는 부인과 딸들에 대해서도 보통 사람들과는 달랐다. 그는 경험 많은 남편이었으며 능란한 아버지였다. 딸들을 많이 거느린 대부분의 사람은 가능한 한 딸들을 빨리 시집보내려 하는 데 반해 이반 표도로비치 예판친 장군은 딸들을 억지로 시집보내려 하지 않는 것을 방침으로 정하고 있었다. 공연히 딸들에게 간섭을 하거나 지나치게 관심과 사랑을 주다가 딸들을 망친 경우를 주변에서 자주 보았기 때문이다. 그는 아내도 설득해서 자신의 방침을 따르게 만들었다. 그런데 세월이 흐를수록 장군의 재산과 사회적 지위는 높아만 갔기에, 신붓감으로서의 딸들의 위치는 더욱더 유리해져갔다.

그러던 사이 큰딸의 나이가 어느새 스물다섯을 넘기게 되었다. 바로 그즈음 아파나시 이바노비치 토츠키가 55세의 나이에도 불구하고 자신이 이제 결혼할 생각이 있음을 사교계에 밝혔다. 그는 최상류층 사람이었으며 대부호였고 세련된 매너에 섬세한 취향을 지니고 있었으며 특히 여성의 미모에 민감했다. 그는 얼마 전부터 몇몇 금융 관련 회사에서 예판친과 동업 관계를 맺은 뒤 그와 아주 각별한 사이가 되었다. 그는 장군에게 우정 어린 충고를 바란다며 자신의 의도를 밝힌 후, 그의 딸 중의 한 명에게 청혼을 하더라도 경솔한 짓이 아닌지 물어보았다. 장군은 여러 가지 면으로 보아 토츠키의 제안에 솔깃할 수밖에 없었다.

이미 말했듯이 세 딸 중 가장 미인은 셋째 아글라야였다. 하지만 토츠키가 아무리 이기주의자라고 해도 감히 그녀를 넘볼 수 없다는 것은 잘 알고 있었다. 그리고 아글라야의 두 언니도 동생을 무척이나 아꼈으며 특별하게 생각했다. 그녀들은 동생을 위해서라면 자신들을 희생할 준비가 되어 있다고 해도 과언이 아니었다.

장군 부부는 두 딸의 의중을 잘 알고 있었다. 그리고 적어도 두 딸 중 한 명은 부모의 뜻을 거스르지 않으리라는 것을 조금도 의심하지 않았다. 부부는 딸들의 반응을 슬쩍 떠보았다. 딸들의 반응이 모호하긴 했지만 최소한 장녀인 알렉산드라만큼은 거역하는 눈치가 아니었다. 그녀는 의지력이 강한 처녀였지만 성품이 고운 여자였다. 그녀는 착했고 분별력이 있었으며 기꺼이 토츠키에게 시집갈 용의가 있었다. 그리고 한번 약속을 하면 그것을 충실하게 지킬 줄 아는 여자였다. 비록 막냇동생만큼 모든 사람의 시선을 끌 만한 미모는 아니었지만 충분히 아름다웠다. 토츠키에게는 더할 나위 없는 상대인 셈이었다.

그런데 차일피일 결정을 미루던 중 장군 부인 리자베타가 이 혼담에 불만을 표하기 시작했다. 혼담에 중대한 장애가 될 만한 일, 토츠키의 표현을 빌리자면 '난처한 사건'이 앞에서 가로막고 있었던 것이다.

그 장애가 어떤 것인지 설명하자면 18년 전으로 거슬러 올라가야 한다. 그 시절 토츠키가 소유하고 있는 부유한 시골 영지의 이웃에 필리프 알렉산드로비치 바라쉬코프라는 몰락한

영주가 살고 있었다. 가문으로 따지자면 토츠키보다 훌륭한 귀족 집안 출신이었지만 말도 못 할 정도로 궁핍했다. 빚에 시달리던 그는 거의 노예처럼 열심히 일을 한 덕분에 집안을 겨우 어느 정도 일으키는 데 성공할 수 있었다. 그런데 그가 사업 협상을 위해 집을 비우고 읍에 온 사이 집에 큰불이 났고, 겨우 일으킨 재산은 모두 잿더미가 되었다. 화병에 걸린 그는 미쳤다가 열흘 만에 세상을 떠났다.

세상을 뜬 그에게는 여섯 살과 일곱 살 된 두 딸이 있었는데 토츠키는 너그럽게 그들을 거두어 집사에게 양육과 교육을 맡겼다. 그리고 그는 그 일을 까맣게 잊고 있었다. 그사이 두 딸 중 막내는 백일해로 죽고 언니 나스타시야만 살아 있었다.

그로부터 5년 정도 지난 어느 날 토츠키는 지나는 길에 자신의 영지에 잠깐 들렀다. 그리고 집사의 집에서 열두 살 정도 된 계집아이의 모습을 보고 깜짝 놀랐다. 미인을 가려내는 데 일가견이 있는 토츠키가 보기에 정말 엄청난 미인이었다.

그때부터 모든 것이 확 달라졌다. 토츠키는 유능한 스위스인 여가정교사를 초빙해 나스타시야의 교육을 맡겼다. 박학한 가정교사는 나스타시야에게 프랑스어를 비롯해 요조숙녀에게 필요한 여러 가지 학문을 가르쳤다. 4년 후 교육을 마치자 가정교사는 돌아갔다.

멀리 떨어진 시골에 토츠키에게는 또 다른 영지가 있었고 그 영지에 최근에 멋지게 지은 목조 가옥이 있었다. 그 오두막에서 1킬로미터 정도 떨어진 곳에 자식이 없는 어느 여지주가 살고 있었다. 어느 날 그 여지주가 나스타시야를 그 오두막으로 데려가 함께 살았다. 물론 토츠키가 시킨 일이었다. 집 안에는 서재도 있었고 온갖 악기들과 화구(畫具)들이 모두 비치되어 있었으며 살림살이를 맡아볼 노파와 하녀도 있었다. 나스타시야가 그 집에서 지내게 된 지 2주일 후 토츠키가 그 집을 찾아왔다……. 그리고 그때부터 그는 이 초원 한가운데 있는 이 소박한 오두막을 특별히 좋아하게 되었다. 그는 여름이면 이곳으로 찾아와 두 달이나 석 달을 지내곤 했다. 그렇게 우아하고 달콤하고 행복한 세월이 4년간 흘러갔다.

그러던 어느 날 토츠키가 페테르부르크의 어느 부유한 상류층 여자와 결혼한다는 소문이 나스타시야의 귀에도 들어가게 되었다. 그리고 그 소식은 나스타시야 필리포브나를 전혀 다른 사람으로 변모시켰다. 나스타시야가 이전에는 볼 수 없었던, 전혀 예기치 못했던 대담한 성격을 드러냈다. 그저 수줍고 감정 기복이 심한 처녀로만 보였던 그녀가 토츠키 앞에 당당하게 나타난 것이다. 그녀는 놀랍게도 온갖 정보를 다 알고 있었으며 심지어 법률 지식에도 능했고 세상사를 다 아는 것 같았다.

그녀는 토츠키에게 그가 지금이라도 원하는 사람과 결혼할 수 있으며, 개인적으로는 조금도 개의치 않는다고 말했다. 그러나 자기는 지금 그 결혼을 훼방 놓으러 왔으며 그건 순전히 심술 때문일 뿐이라고, 그저 그러는 게 재미있어서일 뿐이라고 말했다. 그 말을 하면서 그녀는 정말로 토츠키를 골려주는 게 재미있다는 듯 깔깔거리며 웃었다.

토츠키는 고민에 빠졌다. 거의 2주 동안 머리를 싸매고 생각에 몰두해 있던 토츠키는 지금 자기가 상궤를 벗어난 여자와 상대하고 있다고 결론을 내렸다. 아무리 보아도 한번 선언한 것을 도중에 그만둘 여자가 아니었다. 그녀는 모든 것을 비웃고 있었다. 따라서 그녀를 감언이설로 회유한다는 것은 불가능했다. 그녀는 일종의 '낭만적 분노'라 할 수 있을 정신의 흥분 상태에 빠져 있었으며, 상식적인 선을 넘어서서 모든 것을 경멸하고 있었다.

물론 법적으로는 문제 될 게 아무것도 없었으며 스캔들이 인다고 할지라도 토츠키 정도의 재산과 연줄이라면 쉽게 잠재울 수 있었다. 하지만 그것도 어느 정도 상대방이 상궤에서 벗어나지 않았을 때나 가능한 일이었다. 하지만 그녀는 달랐다. 그녀는 법적으로 그를 어떻게 할 수 없으며 스캔들로도 그를 구렁텅이에 빠뜨릴 수 없다는 것을 잘 알고 있었다. 그녀는 단지 토츠키를 욕보일 수만 있다면 기꺼이 시베리아 유형도 감수할 여자였다. 그리고 그가 가장 두려워하는 것이 바로 그것이었다. 결국 토츠키는 양보를 하고 결혼을 없던 일로 해버렸다.

그가 그런 결정을 내리는 데 영향을 준 것이 또 한 가지 있었다. 지금의 나스타시야를 이제까지의 나스타시야와 도저히 같은 사람이라고 할 수 없을 정도로 그녀가 변해버린 것이다. 이전에는 그냥 예쁜 소녀였는데, 지금은……. 토츠키는 자신의 눈이 4년간 멀어 있었다고 스스로를 탓했다. 그는 손쉽게 자기 수중에 들어온 이 보물을 자신도 모르게 하찮게 여겼던 것이다. 그는 전에 그녀를 어느 관리에게 지참금을 안겨 시집보낼 생각까지 했었다.

그러나 새롭게 발견한 나스타시야의 아름다움에 넋이 나간 토츠키는 그녀가 아직 이용 가치가 있다고 생각했다. 그는 나스타시야를 페테르부르크로 옮겨와 살게 했다. 그토록 아름다운 그녀를 자신의 정부로 삼으면 자신의 명성에 도움이 되리라는 생각에서였다.

그녀가 페테르부르크에 살게 된 지도 어언 5년이 흘렀다. 그런데 세월이 흐를수록 토츠키에게는 점점 두려움이 커졌다. 자신도 그 이유를 정확히 알 수 없었다. 그냥 그녀가 두려운 것이었다. 한 가지 확실한 것은 그녀가 그에 대해 조금도 호감을 갖고 있지 않으며, 그와 결혼하겠다는 마음 같은 것은 품고 있지 않다는 사실이었다. 설사 그가 그녀에게 청혼을 하더라도 그녀가 결코 받아들이지 않으리라는 생각이 들자(왜 그런 생각이 들었는지 자신도 알 수 없었다) 그는 크게 놀랐고, 섭섭하기도 했다.

게다가 나스타시야는 돈 문제에 초연했다. 그녀는 그가 평생 먹고살 만한 돈을 주겠다고 해도 받아들이지 않은 채 검소하게 살았다. 또 토츠키는 자신과 그녀를 얽어매고 있는 사슬을 끊기 위해 제법 번듯한 남자들이 그녀를 꾀어보도록 기회를 주고 부추기기도 했다. 하지만 아무도 그녀의 마음을 사로잡지 못했다. 마치 그녀의 가슴에는 심장 대신 돌멩이가 들어앉아 있는 것 같았다. 그녀는 대부분의 시간을 집에서 책을 읽고 공부하고 음악을 들으며 지냈다.

그녀는 사람들과의 교제도 거의 없었다. 기껏해야 가난한 관리의 부인들, 무명 여배우 몇몇, 한가한 노파들 정도만 만나며 지냈다. 그리고 그녀는 어느 신망 있는 대학교수의 가족들을 좋아해서 거의 저녁마다 그 집에 드나들었으며 토츠키도 어김없이 그곳으로 찾아왔다. 그녀는 그곳에서 예판친 장군과 인사를 나누었고, 가브릴라 아르달리오노비치(가냐)와도 알게 되었던 것이다. 토츠키가 장군에게 자신의 결혼 계획에 대해 은밀히 털어놓은 것이 바로 그 무렵이었다.

토츠키는 장군의 딸과 결혼하겠다는 의사를 밝히면서 무슨 수를 써서라도 나스타시야로부터 자유로워지고 싶다고 말했고 둘은 함께 그 문제를 풀기로 합의하고 방법을 논의했다. 그리고 가장 온건한 방법, 말하자면 그녀의 고상한 심금을 울리는 방법을 쓰기로 결정했다.

그들은 함께 나스타시야를 찾아갔다. 토츠키는 자신이 얼마나 비참한 지경에 빠져 있는지 설명하고 그것은 모두 자기 탓이라고 말했다. 그리고 이제 뒤늦게 결혼하고 싶다고 단도직입적으로 말한 후 모든 것은 그녀의 마음에 달려 있다고 말했다. 이어서 예판친이 장래 장인의 입장에서 이 결혼의 필요성을 호소하고 자기 딸의 행복도 오로지 그녀에게 달려 있다고 호소했다.

그런데 그녀에게서 의외의 반응이 나왔다. 자신이 어떻게 했으면 좋겠느냐고 선선히 물은 것이다. 그러자 토츠키는 또다시 단도직입적으로 말했다. 그녀가 결혼하기 전까지는 자신의 마음이 결코 편하지 못하리라고 말한 것이다. 그러면서 그는 가냐의 이름을 입 밖에 낸 후, 그가 오래전부터 그녀를 사랑해왔다고, 그녀가 그의 청혼을 받아들인다면 7만 5천루블의 돈을 기꺼이 내놓겠다고 청산유수로 늘어놓았다.

그런데 이번에 그녀가 보인 반응은 더욱 놀랄 만한 것이었다. 그녀의 말투에는 이전까지의 조소, 증오, 적의가 전혀 들어있지 않았다. 그리고 처음에는 쓸쓸하게, 이어서 밝게 웃으며 자신에게 있었던 이전의 분노는 다 사라졌으며 과거는 이미 흘러간 것이라고 말했다.

하지만 가냐에 대해서 그녀는 확답을 하지 않았다. 그가 그녀를 사랑하는 것은 틀림없는 것 같았지만 그가 너무 젊고, 무엇보다 자기가 그의 어머니와 동생에게 환영을 받을 수 있을지 확신할 수 없다고, 그의 가족들이 자신에 대해 조금도 언짢아하지 않는다는 것을 확신하기 전까지는 가냐에게 시집갈 수 없다고 말했다.

어쨌든 그 정도로도 큰 성공이었고 곧바로 교섭이 시작되어, 가냐와 나스타시야는 이전과는 다른 관계로 만나기 시작했다. 가냐의 가족이 자신을 탐탁지 않게 생각하는 걸 잘 알고 있는 나스타시야는 언제고 '아니오'라고 말할 권리를 둘 다 똑같이 갖고 있자고 제안했고, 가냐도 받아들였다.

하지만 둘 사이가 평탄치는 않았다. 특히 가냐는 오로지 돈 때문에 결혼을 하려 한다는 소문에 시달렸다. 게다가 나스타시야의 과거를 아는 그에게는 나스타시야를 향한 애증이 교차하고 있으며, 그가 이 '더러운 여인'과 결혼 후 자신이 겪은 정신적 고통에 대해 철저히 복수하겠다는 마음을 품고 있다는 소문까지 돌았다.

그런 소문이 들릴 때마다 토츠키는 불안했다. 그러던 중, 우리가 알다시피 나스타시야가 자신의 생일 파티에서 최종적인 답을 주겠다고 말한 것이고, 토츠키는 한껏 고무되어 있었던 것이다. 그런데 그런 소문들 가운데는 가장 믿기 어려운 이상한 소문도 섞여 있었다. 예판친 장군이 나스타시야에게 반했다는 소문이었다. 그리고 애석하게도 그 소문은 점점 사실로 드러나고 있었다.

그렇다. 열정이 어디 나이를 따라가는 법이던가? 열정의 노예가 된 사람은 아무리 나이가 들었어도 헛된 희망을 품게 되는 법이다. 장군이 그녀에게 애정을 바치면서 도대체 무엇을 구체적으로 바라고 있는지는 정확히 알 수 없다. 어쨌든 그는 어리석기 짝이 없는 생각에 사로잡혀 유치한 짓을 하고 말았다. 그녀의 생일 선물로 엄청나게 비싼 고급 진주 목걸이를 장만해놓은 것이다. 그는 나스타시야가 욕심이 없는 여자라는 것을 알면서도 그 선물을 받았을 때 그녀가 어떤 반응을 보일지 궁금해서 견딜 수 없을 지경이었다.

그런데 예판친 장군 부인의 귀에까지 그 진주 목걸이에 대한 소문이 들어가고 말았다. 남편의 바람기에 이력이 난 부인은 웬만한 소문에는 무감각했다. 하지만 이번 일만은 눈감아줄 수 없었다. 그녀는 그 진주 목걸이에 촉각을 곤두세우고 있었다. 장군도 때맞춰 아내의 낌새를 눈치챘다. 그는 도대체 부인에게 어떤 변명을 해야 할지 전전긍긍하고 있었고 무슨 핑계를 대더라도 그날 하루, 부인과 마주치지 않으려 애쓰고 있었다. 그런데 그러던 참에 미쉬킨 공작이 마치 난처한 상황에 처한 자신을 구해주려는 듯 나타난 것이다. 장군은 부인에게로 가며 "하늘이 저 사람을 보낸 거야!"라고 생각했다.

제5장

'아내는 자신의 태생을 자랑스러워하고 있어. 그런데 가문의 마지막 사람인 미쉬킨 공작이 약간 백치인 데다 구걸이나 하며 살아가야 하는 불쌍한 사람이라는 것을 느닷없이 알게 되면 반응이 정말 볼만할 거야.'

장군은 미리 그 장면을 그려보았다. 아내가 진주 목걸이에 대해 물어보는 게 두려워서 아내의 관심을 다른 데로 돌리고 싶었던 것이다.

"아니, 그 사람을 만나보라고요? 지금 당장?"

장군이 미쉬킨 공작 이야기를 하자, 예상치 못한 일과 맞닥뜨리면 늘 그렇듯이 장군 부인은 눈을 크게 뜨고 뒤로 약간 물러나며 멍하니 장군을 바라보았다. 그녀는 큰 키에 매부리코였으며 뺨은 움푹 들어가 있었고 이마는 좁았지만 높았다.

"여보, 뭐 요란하게 격식을 차려 만나보라는 게 아니오. 그냥 시험을 좀 해보라는 거야. 어린애 같은 사람이야. 그것도 불쌍한 어린애. 무슨 병이 있어 발작을 일으킨다고 하더군. 복장도 아주 이상해. 방금 스위스로부터 도착했는데 기차에서 내리자마자 이리로 온 거야. 돈도 한 푼 없어. 절대로 과장하는 게 아니야. 눈에 눈물까지 글썽이기에 25루블을 주었어. 관청에 서기 자리를 하나 얻어주려고 해. 우리 아가씨들, 그 친구에게 식사를 대접해줄 수 있겠지? 배가 고파 보였거든."

"아니, 왜 이렇게 놀라게 하는 거예요? 시험을 해봐라, 굶주리고 있다, 발작을 일으킨다, 그따위 소리나 하고…… 도대체 무슨 발작이래요?"

"뭐 그렇게 자주 하는 것 같지는 않아. 정말 어린애 같다니까. 하지만 교육은 받은 것 같아."

딸들이 나서서 그 사람을 맞아들이라고 하자 부인은 마지 못하는 듯 승낙했다.

얼마 후 하인이 공작을 데리고 방 안으로 들어왔다. 그러자 장군이 말했다.

"자, 미쉬킨 가문의 마지막 공작을 소개하겠소. 당신과 가문이 같고 어쩌면 친척인지도 모르오. 반갑게 맞아주구려. 공작, 우리 가족은 이제 막 점심 식사를 하려던 참이었소. 당신도 함께 자리를 하도록 하시오. 하지만…… 나는 좀 실례해야겠소. 어디 좀 바삐 가볼 데가 있어서…….”

그러자 부인 리자베타가 의미심장한 어조로 말했다.

“흥, 당신 어디 가는지 다 알아요.”

“아, 이러다가 늦겠네. 자, 아가씨들, 공작에게 너희들 앨범을 갖다주렴. 글씨를 써달라고 해봐. 아주 명필이야. 자, 그럼 안녕! 자, 공작 또 봅시다.”

말을 마치자 장군은 황급히 방에서 나갔다.

장군이 나가자 부인은 날카로운 눈으로 공작을 뜯어보았고 딸들은 호기심에 찬 눈으로 공작을 바라보았다. 부인이 공작에게 글씨에 대해 물어보자 공작이 당장 써드릴 수 있다고 대답했다. 그러자 맏딸 알렉산드라가 말했다.

“어머니, 우선 점심부터 들어요. 배가 고파요.”

“그래, 그렇게 하자꾸나. 자, 함께 식당으로 가요. 무척 시장하시죠?”

“네, 그렇습니다. 기꺼이 받아들이겠습니다. 감사합니다.”

그들은 모두 식당으로 갔다. 공작은 부인의 권유대로 부인

맞은편에 앉았다. 식탁에 앉자 부인이 말했다.

"알렉산드라와 아델라이다가 공작 시중을 들어주렴. 그런데 공작님, 직접 보니 남편이 말한 거와는 달리 예의가 바른 분이군요. 어디 아픈 것 같지도 않고…… 그런데 발작이라니……."

공작이 약간 놀란 눈을 하고 말했다.

"발작이라고요? 요즘은 거의 하지 않습니다. 한데 잘 모르겠습니다만, 이곳 러시아의 기후가 제 건강에 나쁠 거라고들 하더군요."

공작 부인이 딸들을 향해 말했다.

"말씀을 아주 잘하시는구나. 그런데 너희 아버지는 무슨 이상한 소리를 한 거니? 자, 공작님, 어디서 태어났고 어떤 교육을 받았는지 이야기해주세요. 무척 궁금해요."

공작은 맛있게 식사를 하며 오늘 여러 번 했던 이야기를 되풀이했다. 장군 부인은 무척 흡족한 표정이었고 딸들도 주의 깊게 공작의 말에 귀를 기울였다. 공작은 자신의 가계(家系)에 대해서도 상세히 설명을 했다. 하지만 아무리 따져보아도 공작과 부인 사이에 직접적인 혈연관계는 없었다. 아마 조부모 때에는 인척 관계가 있었을지 몰랐지만 지금은 아니었다.

식사를 마친 후 그들은 응접실로 함께 가서 이런저런 이야기를 나누었다. 부인은 공작에게 스위스에 대해 물어보았고 공작은 능숙하게 이야기를 했다. 그가 이야기하는 모습을 보고 알렉산드라가 막내 아글라야에게 귓속말을 했다.

"저 사람 정말 엉큼한 사람 같아. 전혀 백치 같지 않아."

그러자 아글라야가 맞장구를 쳤다.

"그럴 거야, 언니. 나도 그런 생각을 했어. 이런 식의 쇼를 벌여서 야비하게 뭘 얻어내려는 거지?"

이야기 도중 공작이 스위스에 머무는 동안 행복했다고 말하자 아글라야가 큰 소리로 말했다.

"행복이라고요? 정말 행복해지는 법을 아세요? 행복해지는 법을 우리에게 가르쳐줄 수 없어요?"

약간 비아냥거리는 투였다. 하지만 공작은 전혀 개의치 않았다. 아니, 그녀가 비아냥거린다는 것도 알아채지 못한 것 같았다. 그가 다시 입을 열었다.

"사실 처음에는 저도 불안했고 어디론가 떠나고 싶었습니다. 저는 언제나 제 미래의 삶을 생각하고 있었으니까요. 저는 제 운명을 시험해보고 싶었습니다. 편안하게 지내는 게 견딜 수 없어질 때 말입니다. 아시겠지만 누구에게나 그런 순간이 오기 마련이지요. 특히 혼자 있을 때 말입니다.

제가 살던 집 가까운 곳에 별로 크지 않은 폭포가 있었습니다. 저는 밤마다 폭포 소리를 들었지요. 그럴 때면 이상하게 마음속에 동요(動搖)가 찾아왔습니다. 그리고 저는 낮에는 산에 올라가 소나무 주위에 서서 아래를 내려다보기도 했습니다. 저쪽 암벽 위에 폐허가 된 중세의 낡은 성이 보였고, 마을은 까마득히 내려다보였습니다. 그럴 때면 어디론가 가보고 싶다는 생각이 들었습니다. 앞을 향해 똑바로 걸어가다가 저 하늘과 땅이 맞닿는 곳에 도착한다면 모든 수수께끼가 풀리고 우리의 삶보다 천 배는 더 감동적인 새로운 삶을 살 수도 있으리라는 생각…… 저는 화려한 궁전들, 떠들썩한 소음들, 온갖 흥분과 삶으로 가득 찬, 나폴리처럼 큰 도시를 꿈꾸었던 것입니다…… 그래요! 그런 걸 정말 갈망했지요! 그런데 갑자기, 설사 감옥 안에 갇혀 있더라도 우리의 삶은 얼마든지 거대할 수 있다는 생각이 번쩍 들었습니다."

"그건 내가 열두 살 때 『고전 문집』에서 읽은 이야기예요."

아글라야가 눈을 반짝이며 말했다. 그러자 아델라이다가 나섰다.

"무슨 철학 같은 이야기네요. 공작님은 철학자세요? 우리에게 철학을 가르치러 오신 거예요?"

"그럴지도 모릅니다. 사실 제가 철학자인지 알게 뭐예요? 그리고 누군가를 가르치겠다는 생각도 있어요. 정말 그럴 수도 있어요……."

그러자 아글라야가 다시 입을 열었다.

"당신 철학은 우리 집에 뻔질나게 드나드는 어느 과부의 철학이랑 똑같네요. 그 여자의 인생 과제란 온통 어떻게 하면 물건을 싸게 살 수 있는가 하는 것뿐이에요. 그저 어떻게 하면 돈을 아낄까 하는 생각뿐이고, 푼돈 이야기밖에는 하지 않아요. 돈도 많으면서…… 정말 교활한 아낙네지요. 당신이 말한 감옥에서의 거대한 삶이니, 그 마을에서 지낸 4년 동안의 행복이니 하는 게 그 여자의 푼돈과 뭐가 달라요? 그따위 행복을 위해 나폴리를 팔아넘기다니……."

그러자 공작이 그녀의 말을 즉각 반박했다.

"감옥에서의 삶에 대해서는 당신 말에 동의할 수가 없군요. 어떤 사람이 겪은 아주 이상한 사건에 대해 이야기를 해드리지요. 그는 정치범으로 체포되어 사형 선고를 받은 사람이었습니다. 총살형은 15분이나 20분 후면 집행될 예정이었습니다. 그런데 그는 사형이 집행되기 바로 전에 사면령을 받고 징역을 살게 됩니다. 그 두 선고 사이에서 그는 '나는 몇 분 후면 죽을 것이다'라는 의심할 바 없는 확실성에 사로잡혀 있던 것이지요. 그는 그 20분을 아주 생생하게 기억하고 있고, 나는 그 이야기가 너무 듣고 싶어서 몇 번이나 꼬치꼬치 되묻곤 했습니다. 그는 그 모든 것을 마치 어제 일처럼 생생하게 기억하고 있었습니다. 단 한 순간도 잊을 수가 없다고 했습니다.

그는 사형대로 끌려갔습니다. 한 번에 세 명씩 끌려나가 처형을 받게 되어 있었고 그는 세 번째 순서였습니다. 그에게 목숨이 붙어 있을 시간은 단 5분밖에 없었습니다. 그 친구는 그 5분 동안의 시간이 그에게 마치 영원과도 같았고, 엄청난 재산처럼 여겨졌다고 말했습니다. 그 5분 동안에 너무나 많은 삶이 포함되어 있어서 그게 마지막 순간이라는 생각조차 부질없는 것 같았답니다. 그래서 그는 나머지 5분을 다음과 같이 쪼개서 사용했습니다. 2분은 동료들과의 작별에 할애하고, 자기 자신을 마지막으로 성찰해보는 데 2분, 나머지 1분은 자기 주변을 마지막으로 둘러보는 데 쓰기로 한 것입니다. 그때 그의 나이는 스물일곱이었습니다.

그는 2분 동안 동료들과 작별 인사를 나눈 후 자기 자신에 대해 성찰하기 시작했습니다. 나는 지금 이렇게 살아 있다. 하지만 3분 후면 뭔가 다른 존재로 변할 것이다. 그 존재가 생명체인지 비생명체인지 나는 모른다. 만일 생명체라면 과연 어떤 존재일까? 그리고 과연 어디서 살게 될까?

멀지 않은 곳에 교회가 있었고, 그는 눈부시게 빛나는 교회 첨탑을 바라보았습니다. 그는 그 빛에서 눈을 뗄 수가 없었습니다. 그 빛이 그의 새로운 자연 같았고, 3분 후면 그 빛과 섞일 것 같았습니다. 그에게 가까이 다가오고 있는 미지의 세계의 불확실성과 두려움은 견디기 어려운 것임이 틀림없었습니다. 하지만 그에게 끊임없이 떠오르는 생각, 즉 '만일 내가 죽지 않는다면? 내가 생명을 되찾는다면?…… 오, 그것이 바로 영원이로구나! 그리고 그것이 바로 내 것이라니! 오, 그렇다면 매 1분이 내 전 존재와 같으리라! 나는 단 1분도 허비하지 않으리라! 단 한 순간도 헛되이 쓰지 않으려 애쓰리라!'라는 생각에 비하면 아무것도 아니었습니다. 결국 끊임없이 떠오르는 그 강박관념에 지친 나머지 '빨리 총살시켜주었으면!' 하고 바라게 되었던 것입니다."

공작이 갑자기 말을 멈추었다. 모두들 그의 입에서 무슨 결론이 나오길 기다리고 있었다. 하지만 그는 말이 없었다. 아글라야가 그에게 물었다.

"다 끝난 건가요?"

"네? 끝났냐고요? 그렇습니다." 약 1분 동안 마치 몽상에 잠겨 있는 것 같았던 공작이 말했다.

"그러면 도대체 무슨 목적으로 그런 이야기를 우리에게 해주신 거지요?"

"아니…… 그냥 갑자기 생각이 떠올라서…… 이야기 끝에 그냥……."

그러자 맏언니 알렉산드라가 한마디 했다.

"단 한 순간도 값을 매길 수 없을 만큼 소중하게 여겨라, 이런 말씀이겠지요. 좋은 말씀이에요. 그런데 한 가지 궁금한 게 있어요. 그 '영원을 선사받은 사람'은 그 엄청난 부를 어떻게 사용했나요? 정말 매 순간을 중히 여기며 살았나요?"

"아닙니다. 저도 궁금해서 그에게 제대로 실행하고 살았는지 물어보았지요. 하지만 전혀 그렇지 않았다고 인정하더군요. 너무나 많은 시간을 낭비하며 살았다고……."

"정말 좋은 교훈이 된 셈이네요. 매 순간을 중시하며 지내는 건 불가능하다는 걸 배웠으니…… 그건 불가능한 일이에요." 아글라야의 말이었다.

"그렇지요, 불가능하지요. 저도 그렇게 생각합니다." 공작이 대답했다. "하지만 그렇더라도……."

"공작님은 최소한 다른 사람들보다 현명하게 살 수 있다고 믿고 있는 거군요." 아글라야가 약간 비꼬는 투로 말했다.

"네, 가끔 그런 생각이 듭니다."

"그럼 지금도 그렇다는 말인가요?" 아글라야가 물었다. 그러자 공작은 잔잔하고 수줍은 듯한 미소를 지으며 "네, 그런 것 같습니다"라고 말했다.

"정말로 겸손하기 이를 데 없군요!" 아글라야가 약간 신경질적으로 말했다.

"아니, 너희들 도대체 왜 이러는 거니? 공작님이 훌륭한 말씀을 해주셨는데, 왜 그렇게 공작님을 공격하는 거니?" 딸들, 특히 막내딸이 하는 이야기를 잠자코 듣고 있던 장군 부인이 나서며 말했다.

그러자 아델라이다가 말했다.

"이제 당신 사랑 이야기를 해주세요. 그런 이야기를 해주시면 당신이 철학자 모습을 벗을 수 있을 거예요."

"저는 사랑을 해본 적이 없습니다." 공작은 여전히 낮고 진지한 목소리로 말했다. "제가 행복했던 것은 그 때문이 아니라……."

"그럼 뭐 때문이었지요?"

"좋습니다. 그 말씀을 해드리지요." 마치 깊은 몽상에 잠긴 듯한 표정을 지으며 공작이 말했다.

제6장

"호기심에 가득 찬 얼굴로 저를 바라보고들 계시는군요. 좀 불안하네요. 실망시켜드리면 화를 내실 것 같아서…… 아니, 농담입니다." 그는 웃음 지으며 서둘러 말을 이었다.

"그곳에도 아이들이 있었고 저는 내내 아이들과만 지냈습니다. 초등학교 아이들이었지요. 그렇다고 제가 아이들을 가르쳤다는 뜻은 아닙니다. 쥘 티보라는 선생님이 따로 있었지요. 어쩌면 제가 아이들에게 뭔가 가르쳤는지도 모릅니다. 하지만 그보다는 차라리 아이들과 함께 지냈다고 하는 편이 옳을 것 같습니다. 4년의 세월을 그렇게만 지낸 거지요. 다른 건 아무것도 필요 없었습니다.

저는 아이들에게 모든 것을 말해주었고 아무것도 감추지 않았습니다. 결국 부모들은 제게 불만을 품게 되었습니다. 아이들이 저 없이는 지낼 수 없게 되었으니까요. 아이들은 언제나 제 주변을 감싸고돌았고 결국 학교 선생님은 저의 적이 되고 말았습니다. 심지어 슈나이더 교수님마저 제게 싫은 소리를 할 정도였습니다.

그들이 무엇을 겁낸 걸까요? 제가 아이들에게 모든 것을 다 말할까봐 겁난 겁니다. 하지만 아이들에게는 모든 것을 다 말해줘야 합니다. 저는 어른들이 아이들에 대해 정말로 아무것도 모른다는 사실에 언제나 충격을 받습니다. 아이들이 아무것도 모르고 있다고요? 모르는 게 좋다고요? 아닙니다. 아이들은 다 알고 있습니다. 심지어 어른들이, 자기들이 어려서 아무것도 모른다고 생각한다는 것까지 알고 있습니다. 오, 그런 어린 새들을 속이려 하다니! 그렇습니다. 아이들은 어린 새들입니다. 이 세상에 어린 새만큼 착한 게 어디 있나요?

사실 아이들은 원래 저를 좋아하지 않았어요. 제가 어른인데다 굼뜨기 그지없었으니까요. 또 추레한 몰골에, 외국인이었으니까요. 처음에는 저를 놀려댔어요. 그리고 제가 마리에게 입을 맞추는 걸 보고는 돌을 던지기까지 했어요. 저는 마리에게 딱 한 번 키스를 했지요……. 저런, 웃지 마세요." 공작은 처녀들이 킥킥거리자 급히 그들을 제지했다. "사랑해서 키스한 건 절대로 아닙니다. 여러분들이 그녀에 대해 알게 된다면 저처럼 그녀를 동정하게 될 겁니다."

이어서 그는 마리에 대한 이야기를 했다.

"마리는 병든 어머니와 함께 사는 가난한 마을 처녀였습니다. 노파는 자질구레한 물건들을 팔아 겨우 연명하고 있었지요. 스무 살의 마리는 오래전부터 폐병을 앓아왔지만 매일 집집마다 돌아다니며 힘든 일을 도맡아 하고 있었어요. 남의 집 청소와 빨래, 가축 돌보기 등 온갖 허드렛일을 했지요. 그런데 어느 날 떠돌이 프랑스 상인이 그녀를 유혹해서 멀리 데리고 갔습니다. 그리고 1주일 후 그녀를 길바닥에 내팽개치고 도망갔어요. 길바닥에 버려진 그녀는 구걸을 하며 겨우 집으로 돌아왔어요. 온통 더러워진 몸에 누더기 차림이었고 나막신도 다 떨어져 너덜너덜했지요. 1주일 내내 걸었던 것이고 별빛 아래 잠을 잤으며 감기에 걸려 있었습니다. 다리에는 상처투성이였고 두 손도 부르터 있었지요.

그녀가 그런 모습으로 돌아오자 아무도 그녀를 가엾게 여기지 않았어요. 아아, 얼마나 잔인한 사람들인지! 그 일을 얼마나 냉혹하게 받아들였던지! 우선 그녀의 어머니가 딸을 보고 화를 내며 경멸했어요. 자기를 너무 망신시켰다는 거였지요. 사람들이 몰려와 노파가 딸을 야단치는 광경을 모두 구경했어요. 모든 사람이 노파 발아래 엎드려 흐느끼는 그녀를 마치 더러운 벌레 보듯 했어요. 노인들은 혀를 끌끌 찼고 젊은이들은 비웃음을 흘렸으며 부인들은 경멸에 찬 욕설을 퍼부었지요.

병을 앓고 있던 그녀의 어머니는 두 달 후 세상을 떠났습니다. 하지만 노파는 죽는 순간까지도 딸을 용서하지 않았어요. 그녀가 병든 어머니를 그렇게 정성스럽게 보살폈는데도……. 사실 마리는 노파가 살아 있을 때도 아무것도 얻어먹지 못하는 신세였답니다. 마을의 관례대로 병든 노파는 마을 사람들이 그럭저럭 돌봐주었지만 마리에게는 아무도 일자리를 주지 않았으니까요. 그녀는 기침을 하고 피를 토하며 맨발로 나다녔어요. 그러면 수십 명의 아이가 그녀를 놀려대며 뒤에서 흙을 뿌리기까지 했지요. 품팔이를 할 수 없게 된 그녀는 목동들의 허락도 받지 않고 소 떼들을 들판에서 하루 종일 돌보아주기도 했어요. 그러면 목동들이 먹다 남은 빵이나 치즈 쪼가리를 그녀에게 주곤 했지요. 그러면서 대단한 적선이라도 베푼 듯 으스댔지요.

노파가 죽고 장례식이 거행되던 날 젊은 신부가—야망에 부푼 신부였지요—사람들이 모인 자리에서 마리를 공개적으로 비난했어요. 그는 마리를 가리키며 말했어요.

'여기 이 존경스러운 분을 돌아가시게 한 사람이 있습니다—사실 말도 안 되는 이야기였지요. 노파는 벌써 두 해 전부터 몹시 앓고 있었으니까요—. 저 여자는 여기 여러분들 앞에서 고개를 들지도 못하고 서 있습니다. 죄를 지어 하느님의 손가락질을 받고 있기 때문입니다. 그녀는 맨발에 누더기를 걸치고 있습니다. 악의 유혹에 빠진 자들이 어떻게 되는지 보여주는 본보기입니다. 그녀가 누구입니까? 바로 고인의 딸입니다!'

사람들은 모두 그 야비한 말에 흡족해하면서 고개를 끄덕였어요. 그런데 그때 이상한 일이 벌어졌어요. 아이들이 그 불행한 여자 편을 들기 시작한 겁니다. 그때는 이미 아이들이 제 편이 되어 있었고 마리를 사랑하기 시작한 거지요. 어떻게 그리 되었느냐고요? 이야기를 해드리지요. 제가 마리에게 입을 맞춘 이야기를 또 해야만 하겠네요.

사실 저는 어떤 식으로건 마리를 돕고 싶었어요. 돈이 궁한 그녀에게 돈을 좀 주고 싶었지요. 하지만 스위스에 머무는 동안 제게는 제 마음대로 쓸 수 있는 돈이 한 푼도 없었어요. 제가 가진 거라고는 작은 다이아몬드가 박힌 넥타이핀밖에 없었어요. 저는 40프랑은 족히 나가는 그 핀을 어느 고물상에게 8프랑에 팔았어요.

저는 그 돈을 마리에게 건네줄 기회를 찾다가 어느 날 마을 밖, 산으로 향하는 길에 있는 어느 나무 아래서 그녀를 만날 수 있었어요. 저는 그녀에게 돈을 주며 아껴 쓰라고 말했어요. 더 이상 돈이 나올 구석이 없기 때문이었어요. 그러면서 저는 그녀에게 키스를 해주었어요. 저는 그녀에게 무슨 의도가 있어서 그러는 게 아니다, 그녀를 사랑해서 입을 맞추는 게 아니라 동정해서 그러는 거다, 애초부터 저는 그녀가 조금도 죄인이 아니고 다만 불행한 여자라고 생각할 뿐이라고 말했어요. 그녀는 내 말을 못 알아들은 듯 고개만 숙이고 있더군요.

그때 아이들이 그 모습을 본 겁니다. 실은 마을에서부터 제 뒤를 따라왔던 거지요. 아이들이 휘파람을 불고 손뼉을 치며 웃어댔고 깜짝 놀란 마리는 후다닥 도망가고 말았어요. 아이들은 제게 돌을 던졌지요.

그 일은 마을 사람들 모두에게 알려졌고, 사람들은 모든 걸 마리에게 덮어씌우고 더욱 그녀를 경멸하기 시작했어요. 아예 증오했다고 보는 게 옳을 거예요. 아이들은 덩달아 전보다 더 심하게 마리를 놀려댔고 오물을 던지는 등 괴롭혔고요. 저는 있는 힘을 다해 아이들을 설득하기 시작했어요. 처음에는 제 말을 듣지 않고 욕을 내뱉었지만 간혹 잠자코 제 말을 들을 때도 있었어요. 저는 마리가 얼마나 불쌍한 사람인지 아이들에게 열심히 이야기했어요. 그러자 아이들은 더 이상 마리를 놀리거나 욕을 하지 않게 되었어요. 그녀와 마주쳐도 아무 말 없이 지나쳐버리게 된 거지요.

그 후로 아이들과 저는 좀 더 길게 이야기를 나누게 되었어요. 저는 아무것도 숨기지 않고 모든 것을 말해주었어요. 아이들은 제 이야기에 호기심을 갖더니 드디어 마리를 불쌍하게 여기기 시작했어요. 그리고 그녀와 마주치면 '안녕하세요?'라고 인사하는 아이들도 있었고, 그녀에게 음식을 갖다주는 아이들도 있었어요. 음식을 갖다준 아이는 제게 마리가 눈물을 흘렸다고 말해주었고, 그녀를 좋아하게 되었다고 말했습니다. 그리고 곧이어 아이들이 모두 그녀를 사랑하게 되었고 저도 사랑하게 된 겁니다. 이후 아이들은 제게 자주 찾아와 이야기를 해달라고 했어요. 저는 오로지 아이들에게 이야기를 들려주기 위해 책도 읽고 공부도 했습니다. 그 후 3년 내내 아이들에게 이야기를 해주면서 지낸 거예요.

그런데 사람들이 곧 저를 비난하기 시작했어요. 제가 할 말

안 할 말 가리지 않고 아이들에게 마치 어른 대하듯 다 털어놓는다는 거였지요. 심지어 슈나이더 박사까지 저를 못마땅하게 여겼어요. 제가 아이들에게 거짓말하는 건 부끄러운 일이다, 아이들은 아무리 숨기려 해도 스스로 다 알아낸다, 자기네들이 알아낸 것은 나쁜 식으로 해석들을 하지만 어른들이 알려주면 그럴 염려가 없다, 여러분들이 어릴 때를 한번 회상해보아라, 라고 아무리 사람들을 설득해도 소용없었습니다.

목사가 장례식에서 설교를 할 때 아이들은 모두 제 편이었고 마리를 사랑하고 있었을 때였지요. 아이들은 목사에게 화가 났고 몇몇 아이들은 그의 집에 돌을 던져 유리창을 깨뜨리기도 했어요. 물론 제가 말렸지요. 사정을 알게 된 마을 사람들이 저를 더욱 미워하게 된 건 물론이고요.

아이들은 어른들 몰래 마리를 자주 만났어요. 먹을 것을 갖다주기도 했고 마리에게 '당신을 사랑해요, 마리!'라고 말하고는 뒤도 안 돌아보고 쏜살같이 되돌아가기도 했어요. 마리는 무척 행복했지요. 그뿐이 아니었어요. 아이들은 마리에게 나막신과 속옷, 심지어는 드레스까지 구해다 주었어요.

저 역시 사람들 몰래 마리를 자주 만났어요. 아이들이 원했기 때문이었어요. 아이들은 저와 마리를 사랑하고 있었고, 당연히 마리와 저도 서로 사랑하리라고 생각했던 거지요. 저는 아이들에게 '나는 마리를 사랑하고 있는 게 아니야. 동정하고 있을 뿐이야'라고 말하지 않았어요. 아이들의 아름다운 상상을 망치고 싶지 않아서였지요. 내가 아이들을 속인 건 딱 그 한 가지뿐이었어요. 저를 보면 마리는 몸을 부르르 떨며 제 손에 키스를 했어요. 저는 마다하지 않았어요. 그것이 그녀의 행복이었으니까요.

마리는 한없이 행복했지만 병세는 나날이 악화되어갔어요. 그리고 이제는 조금 마음이 누그러진 마을 할머니들이 돌보는 가운데 숨을 거두었어요. 아이들은 마치 작은 새들이 창가에서 날개를 파닥이듯이 '마리, 우리는 마리를 사랑해!'라고 외치고 있었고요. 마리는 정말 행복하게 죽었다고 저는 단언할 수 있어요.

그녀가 죽자 아이들은 꽃으로 만든 관을 머리에 씌워주었고 신부도 더 이상 망자를 비난하지 않았어요. 장례식에 참석한 사람들 수는 적었지만 아이들은 거의 모두 다 왔어요. 몇몇 아이들은 어른들 틈에 껴서 운구를 했고, 나머지 아이들은 엉엉 울면서 뒤를 따랐어요. 이후 마리의 초라한 무덤은 아이들에게 성스러운 곳이 되었어요. 아이들은 매년 무덤가에 꽃을 꺾어다

놓았고 주변에는 장미꽃을 심었어요.

그런데 장례식 이후, 사람들은 저를 구박하기 시작했어요. 목사와 초등학교 교사가 앞장섰지요. 물론 초등학교 교사와는 나중에 화해하고 친하게 되었지만……. 어쨌든 아이들에게는 저를 만나는 게 금지되었고, 슈나이더 박사가 감시하는 일을 맡았어요. 하지만 사실 그 때문에 아이들과 저는 더 가까워질 수 있었답니다.

그때 슈나이더 박사는 저와 토론 끝에 제가 아이들에게 사용하는 '교육체계'가 해롭다고 제게 말하더군요. 세상에 제게 무슨 '체계' 같은 게 있기나 했나요? 그런데 제가 스위스를 떠나기 전날 박사가 자신의 속생각을 제게 말해주었어요. 아주 이상한 의견이었지요.

'나는 자네가 진짜 어린애라고 확신하네. 말 그대로 어린애. 키와 얼굴은 어른이지만 그저 겉으로만 그럴 뿐이지. 정신적인 성장이나 성격, 심지어 지능까지도 자네는 어른이 아니야. 자네가 예순 살이 되더라도 그대로일 것이네.'

그 말을 듣고 저는 웃었어요. 물론 그가 틀린 거지요. 제가 어린애처럼 보이세요? 딱 한 가지, 제가 어른들과 함께 있는 걸 별로 좋아하지 않는 건 사실이에요. 그들과 함께 있으면 왠지 답답하고 한시라도 빨리 친구들 곁으로 가고 싶은 생각뿐이었어요. 친구들은 물론 아이들이었지요.

하지만 제가 아이들을 좋아하는 건, 저도 아이라서가 아니라, 아이들이 저를 빨아들이기 때문이에요. 그 마을에 살기 시작했을 무렵, 학교 수업을 마치고 학교에서 빠져나오는 아이들과 마주친 적이 자주 있었지요. 아이들은 장난을 치며 자기들끼리 뭐라고 깔깔거리고 있었어요. 그럴 때면 제 영혼이 온통 그 아이들에게 빨려 들어가는 걸 느끼곤 했어요. 그리고 그렇게 아이들을 만날 때마다 이상한 행복감이 넘쳐흐르는 것을 느꼈어요. 그러니 아이들과 3년 동안 함께 어울리면서 제가 얼마나 행복했겠어요? 그런 행복감에 젖어 저는 사람들이 왜 그리고 어떻게 그다지 고통스러워하는지 이해할 수 없었어요. 저는 그런 행복 속에서 영원히, 아주 오래 살게 될 줄 알았어요.

그런데 슈나이더 박사가 더 이상 저를 부양할 수 없게 되었어요. 게다가 슈나이더 박사가 저의 귀국을 서둘러 종용해야 할 문제가 하나 생겼어요. 그게 무슨 일인지는 누군가와 상의를 해서 알아봐야겠어요. 어쩌면 제 운명이 바뀔 문제인지도 모르지만 중요한 건 그게 아니었어요. 제가 그곳을 떠나 러시아로 돌아오게 되었다는 것, 그로 인해 저의 모든 삶이 돌변해버렸다는 것이었지요.

저는 열차 안에서 생각했어요.

'이제 나는 사람들 사이로 간다. 아마 나는 아는 게 아무것도 없을 것이다. 어쨌든 내게 새로운 삶이 시작되는 거다.'

저는 사람들과 지내는 게 힘든 일일지도 모른다고 생각하고, 모든 사람에게 공손하고 솔직하리라고 다짐했어요. 사람들이 그 이상은 요구하지 않으리라 생각했지요. 이곳에서도 스위스에서처럼 저는 어린애 취급을 당할지도 모르지요. 하지만 상관없어요. 사람들은 저를 '백치' 취급하기도 해요. 저는 전에 병을 앓았고 백치처럼 보인 적이 있던 것도 사실이에요. 하지만 지금은 사람들이 저를 백치 취급한다는 것을 저는 알고 있어요. 전에 몰랐지요. 그걸 알고 있는데 그래도 백치란 말인가요? 저는 사람들 사이로 들어가면서 생각합니다.

'그래, 사람들은 나를 백치로 여기고 있어. 하지만 나는 현명해. 저들이 그걸 모르고 있을 뿐이야.'

아, 참, 아이들과 헤어질 때 광경을 말씀드리지 않았네요. 아이들은 역까지 저를 배웅해 주었어요. 역은 마을에서 1킬로미터 정도 떨어진 거리에 있었는데 말이에요. 아이들은 억지로 울음을 참는 얼굴이었지만 급기야 참지 못하고 울음을 터뜨렸어요. 그런데 아이들 중 한 아이가 갑자기 뛰쳐나오더니 저를 껴안고 키스를 하기도 했어요. 이윽고 열차가 움직이자 아이들은 열차가 완전히 사라질 때까지 그 자리에 그대로 서 있었어요. 저도 줄곧 그곳을 바라보고 있었고요.

그래요, 아이들과 저는 그렇게 헤어진 거예요. 아이들의 얼굴을 바라보며……. 그런데 저는 아까 이곳으로 들어오면서 여러분의 얼굴을 보았어요. 그리고 여러분이 하는 말을 들었어요. 그리고 아이들과 헤어진 이후 처음으로 마음이 가벼워졌어요. 방금 전에는 '어쩌면 내가 행복한 사람 축에 낄지도 모른다'라는 생각까지 했고요. 첫눈에 호감이 가는 사람을 만나는 건 힘든 일인데 제가 열차에서 내리자마자 여러분을 만나게 된 거니까요.

제가 여러분을 보고 느낀 걸 말씀드려도 될까요? 우선 아델라이다, 당신 얼굴은 너무 행복해 보여요. 세 자매 중 가장 정이 많아 보여요. 당신이 예쁜 건 두말할 필요 없고, 당신을 본 사람들은 당신이 꼭 착한 누이 같다고 말할 거예요. 알렉산드라, 당신 얼굴도 아주 매력적이에요. 하지만 당신 안에는 뭔가 은밀한 슬픔이 숨겨져 있는 것 같아요. 당신의 영혼은 물론 아주 선량해요. 하지만 즐겁지는 않아요. 어딘가 그늘이 드리워져 있어요. 어디, 맞는 것 같아요? 다음으로 리자베타 프로코피예브나 부인에 대해 말해볼게요. 부인은 나이와 상관없이 어린아이예요. 당신이 지닌 장점이나 단점 모두를 통틀어서 말입니다. 그렇게 보이는 게 아니라 분명히 그래요. 이런 말을 한다고 해서 화를 내시지는 않겠지요? 제가 어린아이를 얼마나 존중하는지 알고 계시지요?"

제7장

공작의 긴 이야기가 끝나자 모두들, 심지어 아글라야까지도 그를 기분 좋게 바라보았다. 하지만 그 누구보다 흡족해한 것은 리자베타였다. 그녀가 외쳤다.

“시험 합격! 얘들아, 너희들은 조금 전까지도 공작을 보호해줘야만 하는 무슨 불쌍한 사람처럼 생각했지? 오히려 공작이 너희들을 보호해줘야겠다! 너희들 아버지는 무슨 바보 같은 소리를 한 거냐? 브라보, 공작! 당신 같은 사람을 시험해보라고 하다니! 당신이 내 얼굴에 대해 말한 거, 정말 꼭 맞아요. 나는 어린아이이고 나도 그걸 알고 있어요. 당신이 말하기 전에도 알고 있었어요. 다만 당신이 내 생각을 꼭 집어내서 말해준 거지요. 당신 성격은 나와 완전히 똑같은 것 같아요. 너무 기뻐요.

우리는 쌍둥이처럼 꼭 닮았어요. 당신이 남자고 내가 여자라는 것, 내가 스위스에 가보지 못했다는 것만 다를 뿐이지요. 그런데 왜 아글라야에 대해서는 아무 말도 하지 않았어요? 궁금해요. 저 애도 궁금할 거예요."

"지금은 별로 드릴 말씀이 없습니다. 나중에 말씀드리죠."

"왜요? 너무 아름다워서요?"

"정말 너무 아름다워서 쳐다보기 힘들 정도입니다. 그래서 아직 판단할 준비가 되어 있지 않아요. 아름다움이란 수수께끼니까요."

"어쨌든 애, 예쁘죠? 정말 예쁘죠?"

"기가 막힙니다!" 공작은 황홀한 듯 아글라야의 얼굴을 바라보며 말했다. "거의 나스타시야 필리포브나만큼 아름다워요. 물론 좀 다르긴 하지만……."

그의 입에서 나스타시야의 이름이 나오자 모두들 놀라서 서로의 얼굴을 쳐다보았다.

"누-구-같-다-고-요?" 부인이 말을 길게 끌며 물었다. "나스타시야 필리포브나라고 했어요? 도대체 언제 보았다고?"

"아까 가브릴라가 예판친 장군께 나스타시야의 사진을 보여주었어요."

"아니, 그녀가 가냐에게 사진을 주었다고요? 한번 보고 싶어요. 공작, 부탁이지만 서재에 가서 가냐에게 그 사진을 좀 달라고 해주지 않겠어요? 보고 돌려주겠다고 말씀하세요."

공작은 선선히 그러겠다며 응접실에서 나갔다.

가냐는 아직 서재에서 서류를 뒤적이고 있었다. 공작은 그에게 용건을 말해주었다. 가냐는 몹시 당황해서 책망하듯 공작에게 말했다.

"아니, 뭐 그런 걸 떠벌리고 다니는 겁니까? 아무것도 모르는 주제에…… 백치 같으니라고……."

공작이 어쩔 줄 모르고 있자 가냐가 문득 무슨 생각이 난 듯 말했다.

"이봐요, 공작, 대신 내 부탁을 하나 들어주겠소?"

그러더니 그는 무슨 생각에 잠긴 듯 잠시 말없이 있었다. 공작은 가만히 기다렸다.

"자, 여기 내가 미리 적어놓은 편지가 하나 있어요. 이걸 아글라야 이바노브나에게 전해주지 않겠어요? 절대로 다른 사람 모르게 해야 합니다."

"별로 마음이 내키지 않는군요."

"오, 공작! 내게는 정말 중요한 일이오." 가냐가 간청하듯 말했다. "정말 급하고 중요한 일이오. 내가 오죽하면 이러겠소? ……이건…… 이건…… 내게 너무나 중요한 일이라오."

"정 그렇다면 전해주지요."

"정말 아무도 보면 안 됩니다. 봉하지 않은 거라서……." 가냐는 거북한 듯 말을 더듬었다.

"아, 걱정 마시오. 나도 절대로 열어보지 않을 테니." 공작이 아무 일도 아니라는 듯 대답하고는 사진과 쪽지를 들고 서재에서 나왔다.

연속해서 엉뚱한 심부름을 하게 된 공작은 생각에 잠긴 채 걸음을 옮겼다. 그러다 응접실로 통하는 방을 둘 지났을 때 갑자기 무슨 생각에서인지 발걸음을 멈추었다. 그는 창가로 향하더니 나스타시야의 사진을 들여다보기 시작했다. 그리고 자신이 그 사진을 처음 보았을 때 그에게 충격을 주었던 신비스러운 그 무언가를 찾아보려 했다. 그는 그 뛰어난 미모 때문에만 충격을 받은 것이 아니었다. 그 무언가 다른 것이 그를 그토록 강하게 놀라게 했던 것이다.

공작은 아름답기 그지없는 그 얼굴을 바라보면서 처음보다 더 강한 느낌을 받았다. 증오라고 할 정도는 아니었지만 일종의 오만함과 경멸감이 더할 나위 없이 강하게 그 표정에 나타나 있었다. 하지만 동시에 그 표정에는 순진성과 신뢰감도 놀라울 정도로 생생하게 드러나 있었다. 그 놀라운 대조가 그에게 동정심을 유발했던 것이다. 공작은 잠시 사진을 들여다보다가 아무도 보지 않고 있는 것을 확인한 후 입술을 사진 속 젊은 여인에게 갖다 대고 키스를 했다. 그리고 1분 후 그는 응접실로 들어갔다. 그의 얼굴은 더할 나위 없이 평온했다.

그가 막 식당을 거쳤을 때(그곳과 응접실 사이에는 아직 방이 하나 더 있었다) 그는 문 앞에서 아글라야와 마주쳤다. 그녀 혼자였다. 공작은 마침 잘되었다는 듯 가냐가 전해준 쪽지를 그녀에게 건네주었다. 그녀는 멈춰 서서 쪽지를 받더니 이상한 눈초리로 공작을 바라보았다. 도대체 공작이 이 일에 어떻게 연루되었는지 힐난하는 것 같은 눈초리였다. 그녀는 비웃는 것 같은 웃음을 가볍게 흘리며 공작을 지나쳐 가버렸다.

공작이 응접실로 돌아와 나스타시야의 사진을 장군 부인에게 건네주자 부인이 사진을 들여다보면서 공작에게 물었다.

"공작은 이런 얼굴을 좋아하시나요?"

"네, 좋아합니다."

"왜지요?"

"그 얼굴에는 고뇌가 담겨 있습니다."

그러자 두 자매도 가까이 와서 사진을 들여다보았다. 그때 아글라야가 다시 응접실로 들어섰다. 그리고 언뜻 사진에 눈길을 주었다.

그런데 그때 리자베타가 잠시 생각에 잠기더니 하인을 불렀다. 하인이 오자 그녀는 가냐를 불러오라고 했다. 뭔가 화가 나 있는 것 같기도 했다.

얼마 후 가냐가 나타나자 그녀는 다짜고짜 물었다.

"결혼 약속을 했다고요?"

그러자 가냐가 당황한 듯 되물었다.

"결혼이라니요? 아닙니다. 제가 무슨 결혼을……."

가냐는 얼굴이 빨개지며 곁에 있는 아글라야를 흘낏 바라보더니 황급히 눈길을 돌렸다. 아글라야는 조금도 동요하지 않고 침착하게 그가 당황하는 모습을 지켜보고 있었다.

부인이 즉시 입을 열었다.

"아니라고요? 지금 분명히 아니라고 했지요? 얘들아, 오늘이 27일, 수요일이지? 오늘 저 사람이 분명히 그렇게 말한 걸 꼭 기억하고 있어야겠다. 난 볼일이 있어 이만 실례하겠어요. 자, 가냐, 이 사진을 가져가요. 그리고 어머니께 안부 좀 전해줘요. 그리고 공작, 다음에 뵙겠어요. 자주 들르세요. 실은 벨로콘스키 공작 부인에게 당신 이야기를 하러 가는 거예요."

그녀와 알렉산드라가 밖으로 나가자 가냐는 얼빠진 표정으로 잠시 서 있다가 탁자에서 사진을 집어 들었다. 그리고 공작에게 말했다.

"공작, 나는 지금 곧장 집으로 갈 작정이오. 우리 집에서 머물 생각이면 나랑 함께 갑시다. 우리 집 주소도 모르잖소?"

그러자 아글라야가 갑자기 일어서며 말했다.

"잠깐, 공작님. 제 앨범에 글씨를 써주셔야죠. 아버지가 명필이라고 하셨잖아요. 앨범을 가져올 테니 잠깐만 기다리세요."

아글라야가 응접실에서 나가자, 알렉산드라와 아델라이다는 가냐는 거들떠보지도 않은 채 공작에게 인사를 하고 밖으로 나갔다.

단둘이 있게 되자 가냐가 사나운 표정으로 공작에게 대들듯 말했다.

"당신이지? 내 결혼 이야기를 해준 게 바로 당신이지? 이런 수다쟁이 같으니라고!"

"잘못 알고 계신 겁니다." 공작이 조용한 목소리로 공손하게 말했다. "나는 당신이 결혼한다는 사실을 모르고 있었습니다."

"아니, 당신이 아니면 이 집 여주인이 어떻게 안단 말이오?"

"어쨌든 나는 한마디도 하지 않았어요."

"그래, 쪽지는 전해주었소? 답장은 없었소?"

공작이 뭐라고 대답하려 할 때 아글라야가 들어왔기에 그는 입을 닫을 수밖에 없었다.

"아무 곳이나 펼치고 글을 써주세요."

공작은 그녀가 가져온 앨범과 철필을 들고 글 쓸 준비를 했다. 순간 가냐가 아글라야 곁으로 다가와 귓속말로 속삭였다.

"한마디만…… 단 한마디면 나는 구원받을 수 있소."

아글라야는 아무 대답 없이 차분하게 그를 바라볼 뿐이었다. 그때 공작이 그녀에게 물었다.

"무슨 말을 쓸까요?"

"제가 불러드릴게요. 자, 준비되었으면 쓰세요. '나는 그런 거래에는 끼어들 생각이 없다'고 쓰세요. 그리고 그 밑에 날짜를 쓰세요. 자, 쓰셨으면 어디 보여주세요."

공작은 그녀에게 앨범을 넘겨주었다. 글씨를 본 그녀가 탄성을 질렀다.

"어머나! 정말 멋진 글씨네요! 정말 솜씨가 좋아요! 고마워요. 저는 이제 가봐야겠어요."

그녀는 밖으로 나가려다 잠시 멈춰 서서 공작에게 말했다.

“저 좀 잠깐 따라오시겠어요? 전해드릴 게 있어요.”

공작이 식당까지 그녀의 뒤를 따르자 그녀가 멈춰 서더니 그에게 말했다.

“이걸 읽어보세요.”

바로 가냐가 전해준 편지였다.

“저는 당신이 이 편지를 읽지 않았다는 걸 잘 알아요. 심부름을 제대로 하려면 내용을 알아야 하잖아요. 그러니 한번 읽어보세요.”

공작은 편지를 받아 읽어보았다. 황급히 쓴 흔적이 역력한 편지였다.

오늘 내 운명이 결정됩니다. 당신도 다 아시지요? 나는 오늘 돌이킬 수 없는 약속의 말을 해야 합니다. 내가 당신에게 동정을 구하거나 무슨 희망을 걸 권리가 없다는 걸 잘 압니다. 하지만 언젠가 제게 해주었던 말, 그 말 한마디만 다시 해주시면 됩니다. 그렇게 되면 당신은 나를 파멸에서 구해줄 수 있습니다. ‘모든 걸 끝장내버리세요.’ 이 한마디면 됩니다. 그러면 오늘 당장 모든 걸 포기하겠습니다. 내가 바라는 건 오직 그것뿐, 다른 건 아무것도 바라지 않겠습니다. 내게는 그럴 자격도 없으니까요. 그냥 기꺼이 지금의 절망 상태를 이겨나가겠습니다.

내게 연민의 말 한마디만 해주십시오. 이렇게 절망에 빠진 자에게, 물에 빠져 허우적대는 자에게 화를 내지는 않으시겠지요? 내가 무례를 범했더라도 용서해주시겠지요? 파멸로부터 벗어나려는 마지막 안간힘이니까요.

G. I.

공작이 편지를 다 읽자 아글라야가 말했다.

"어때요? 속셈이 빤히 보이지요? 아무것도 바라지 않겠다고? 정말로 아무것도 바라지 않고 끝장을 내버린다면 내가 기꺼이 그와 친하게 지낼 수 있는 사람이라는 걸 알고 하는 소리예요. 흥, 모를 리가 없지! 하지만 얼마나 비열해요! 정말 아무것도 바라지 않는 사람이라면 이따위로 보장을 요구할 수 있나요! 10만 루블을 포기하는 대신 내 손을 원하고 있는 거예요. 내가 전에 해준 말? 그냥 동정심에서 한번 던져준 말일 뿐인데 거기에 희망을 걸다니! 그 말을 듣고 나를 낚아채겠다는 희망을 품다니! 자, 이제 됐어요. 그 사람과 함께 이 집을 나가는 즉시 그 사람에게 이 쪽지를 돌려주세요."

"그 사람이 당신의 대답을 물으면 뭐라고 전해주지요?"

"그냥 아무 대답도 할 필요 없어요. 편지를 돌려주는 게 제일 좋은 대답이에요. 듣자 하니 그 사람 집에서 하숙할 작정이라고요? 미리 귀띔해드리지만 그 사람 조심하세요. 당신이 쪽지를 다시 돌려주면 당신을 가만 놔두지 않을걸요."

그녀가 가볍게 목례를 하고 식당에서 나갔고 잠시 후 공작과 가냐는 함께 장군의 집을 나섰다. 집을 나서자마자 가냐가 그에게 다그쳐 물었다.

"답장은? 답장은 어디 있소?"

공작은 조용히 그에게 그가 준 편지를 내밀었다.

"아니, 이럴 수가! 이 편지를 전해주지 않았단 말이오?"

"아니, 정확히 전해주었어요. 그런데 그녀가 그걸 그대로 되돌려주라고 했어요."

"언제? 도대체 언제?"

"내가 글을 다 쓰고 나니까 그녀가 따라오라고 했어요. 식당에서 내게 편지를 준 후 읽어보라고 하더니 다시 돌려주라고 했어요."

"뭐야! 당신에게 읽어보라고 했다고? 그럴 리가! 무슨 거짓말을 하는 거야! 당신 몰래 읽어봤지?"

"난 거짓말을 안 합니다. 그녀가 읽어보라고 해서 읽어본 겁니다."

"하지만 무턱대고 읽어보라고만 하지는 않았겠지. 뭐라고 말했을 것 아니오?"

그러자 공작은 그녀가 자신에게 해준 말을 조금도 가감 없이 그대로 들려주었다. 그가 말을 마치자 가냐의 분노는 극에 달해 거의 자제력을 잃을 상태가 되었다. 얼굴은 창백해졌으며 입에서는 거품이 일 정도였다.

그가 갑자기 공작을 향해 물었다.

"그런데 당신이, 당신이 도대체 어떻게(이런 백치가!라고 그는 혼잣말로 중얼거렸다)! 겨우 그녀를 알게 된 지 두 시간 만에 그런 신임을 얻게 된 거지? 도대체 무슨 짓을 한 거야!"

"글쎄요. 나도 잘 모르겠습니다."

"자, 당신이 그 집에 들어가서 무슨 이야기를 했는지, 하나도 빼놓지 말고 내게 다시 이야기해 봐요. 뭐 특별한 거라도 있었소? 자, 기억해봐요."

"얼마든지 해줄 수 있지요."

그런 후 공작은 그들과 인사를 나눈 후 스위스에 대해서, 사형집행에 대해서 이야기를 나누었다고 말해주었다. 그리고 슈나이더 교수가 자신의 성격에 대해서 말한 것을 화제로 삼았다는 말을 꺼내자 가냐가 버럭 소리를 질렀다.

"이런 백치 같으니! 그런 사람 이야기는 아무 상관 없어!"

그의 입에서 그런 욕설이 나와도 공작이 여전히 차분한 모습만 보이자 가냐는 상대방을 완전히 무시하고 있는 대로 화를 냈다. 마치 공작의 얼굴에 침이라도 뱉을 기세였다. 그는 너무 화가 난 나머지 통찰력을 완전히 잃고 있었다. 만일 그렇지 않았다면 그가 '백치'라고 부르는 상대방이 사태를 정말 빠르게 정확히 판단할 줄 아는 사람이며 자신의 생각을 정확하게 전달할 줄 아는 사람임을 눈치챘을 것이다. 그런데 상대방을 백치로 여기고 마냥 분노에 사로잡혀 있는 그에게 공작이 뜻밖에 놀라운 말을 했다.

"한 가지 말해줄 게 있어요. 실제로 전에는 병 때문에 내가 백치 상태에 빠진 적이 있었어요. 하지만 이제는 건강을 되찾아서 정상입니다. 그런데 그렇게 대놓고 백치라고 말하니 좀 기분이 안 좋네요. 자, 내 수중에 25루블이 있으니 나는 여관방을 구해야겠어요."

이제껏 바보와 상대하고 있다고 생각했던 가냐는 크게 당황했다. 자신이 큰 실례를 범했다는 것을 알고 얼굴이 시뻘겋게 된 그는 황급히 공손하게 말투를 바꾸어 간청하듯 말했다.

"정말 미안합니다. 용서해주시오. 하지만 당신이 알다시피 내가 너무 곤란한 지경에 빠져 있어서…… 당신은 아직 아무것도 모르고 있지요. 하지만 당신이 상황을 다 알게 되면 나를 좀 너그럽게 봐줄 수 있을 겁니다. 하긴 내게 그런 자격도 없지만……."

"아니, 그렇게까지 미안해할 것 없습니다. 당신이 너무 당황하고 화가 나서 그랬다는 걸 잘 아니까. 자, 이제 기꺼이 당신 집으로 가겠습니다."

가냐는 공작과 함께 자신의 집으로 향하며 생각했다.

'그래, 이 친구를 그냥 이런 식으로 보내버리지 않을 거야. 이 교활한 놈이 내게서 모든 것을 다 파헤쳐낸 후 이제 자기 가면을 벗은 거야. 게다가 뭔가 더 있을 거야. 어디 두고 보라지! 암튼 모든 게 다 결정될 거야. 오늘, 바로 오늘!'

잠시 후 그들은 가냐의 집에 도착했다.

제8장

아파트 건물 4층에 있는 가냐의 집에 오르는 계단은 넓고 깨끗했다. 가냐의 집에는 크고 작은 예닐곱 개의 방이 있었다. 얼핏 보기에 2천 루블의 연봉을 받는 공무원으로서는 좀 과한 집이었다. 가냐의 가족들은 그 집을 두 달 전쯤에 얻었다. 실은 가냐의 어머니 니나 알렉산드로브나와 누이동생 바르바라 아르달료노브나(바랴)가 하숙을 쳐 가계에 도움을 주겠다고 우겨서 가냐가 마지못해 응한 것이다.

그 집에는 가냐의 어머니와 누이동생 외에도 열세 살 된 남동생 니콜라이(콜랴)와 퇴역 장군인 가냐의 아버지 이볼긴 장군이 함께 기거하고 있었다. 술주정뱅이에 과장된 말만 일삼는 이볼긴 장군은 복도 끄트머리에 있는 작은 방에서 막내아들 콜라와 함께 따로 떨어져 지내고 있었다. 말하자면 콜랴는 술주정뱅이 아버지의 보호와 감시 역을 맡고 있는 셈이었다. 하숙인들을 위한 오른쪽의 방 셋 중 제일 큰 방에는 페르디쉬첸코라는 하숙인이 기거하고 있었고 공작도 그 방들 중 하나를 배정받았다.

가냐는 공작을 우선 가족들이 사용하고 있는 공간으로 안내했다. 가족들의 거주 공간은 셋으로 나뉘어 있었다. 필요시 식당으로도 쓸 수 있는 큰 방(홀) 하나와 거실 그리고 작은 방 하나가 바로 그것이었다. 거실은 아침에만 거실일 뿐 저녁때면 가냐의 서재 겸 침실로 쓰였으며 어머니와 딸이 쓰는 작은 방은 늘 잠겨 있었다. 한마디로 모든 것이 옹색하기 그지없었다. 가냐는 집에 들어설 때마다 가족들에게 불평을 늘어놓곤 했다. 그는 어머니를 상냥하게 대하려고 애를 쓰긴 했지만 이 집에 처음 발을 들여놓는 사람은 누구나 그가 이 집의 전제군주라는 것을 금세 알아차릴 수 있었다.

공작은 우선 가냐의 어머니와 누이동생과 인사를 나누었다. 거실에는 그녀들 외에도 나들이 온 프티진이라는 사내가 앉아 그녀들과 한담을 나누고 있었다.

50대의 어머니 니나는 야윈 얼굴에 눈 밑에 검은 반점이 돋아 있었다. 병색이 완연한 가운데 침울한 기색이었지만 호감이 가는 얼굴과 눈길이었다. 첫 마디에도 진지하고 위엄이 깃든 성품이 그대로 묻어났다. 비록 행색은 초라했지만 말투와 매너에서 상류사회의 기품을 온전히 느낄 수 있었다.

바르바라는 중키에 스물세 살 된 처녀였다. 뛰어난 미인은 아니었지만 보는 이를 기분 좋게 만들면서 동시에 마음을 끄는 묘한 매력이 있었다. 그녀의 얼굴은 어머니와 무척 닮아 있었다. 명랑하고 상냥해 보이는가 하면 반대로 심각하고 슬퍼 보이기도 했다. 게다가 그녀는 강단이 있어 보였다. 실제로 그녀의 성격에는 불같은 데가 있어서 때로는 가냐마저 그 성격을 두려워할 때가 있었으며 특히 지금 손님으로 와 있는 프티진은 그녀의 그런 성격을 조금은 두려워하고 있었다.

프티진은 서른 가까이 돼 보이는 청년으로 검소하지만 우아한 옷차림이었다. 그의 행동거지도, 비록 약간 꾸며내는 듯한 것이 흠이었지만 그런대로 호감이 갔다. 고리대금업을 하고 있는 그는 바랴에게 끌리고 있었으며 그런 속마음을 감추지 않았다. 바랴는 그를 친구로서 대했을 뿐 그가 속마음을 은근히 내비치면 아예 대답을 하지 않았고 은근히 기분 나빠하기도 했다. 하지만 프티진은 의기소침하지 않았다. 니나도 그를 다정하게 대했고, 특히 최근에는 그에게 큰 신뢰감을 보이고 있었다.

가족들과 인사를 나눈 후 공작은 자기 방으로 갔고 가냐는 볼일이 있다며 밖으로 나갔다. 공작이 얼굴을 씻고 몸단장을 하고 있을 때 방문 두드리는 소리가 났다. 공작이 문을 열어주니 서른 살가량의 사내가 서 있었다. 바로 옆방에 기거하고 있는 페르디쉬첸코였다. 큰 키에 어깨가 떡 벌어진 그 사내는 한마디로 꾀죄죄한 옷차림에 뻔뻔스러운 얼굴이었다. 그는 이런 저런 수다를 떤 후 밖으로 나갔다. 그는 기발한 농담과 익살로 사람들을 웃기는 것을 자신의 의무로 생각하고 있는 사람이었다. 하지만 불행하게도 그는 단 한 번도 그 의무를 성공적으로 수행하지 못했고, 심지어 그의 농담에 사람들이 화를 낼 때가 더 많았다.

그가 나가고 난 후 쉰댓 살가량의 피둥피둥 살이 찐 남자가 나타났다. 비록 초라한 행색이었지만 예전에는 꽤나 풍채가 좋았음직한 사내였다. 입으로는 보드카 냄새를 풍기고 있었다. 바로 이볼긴 장군이었다. 공작이 자기소개를 하자 장군이 공작의 아버지 성함을 물어보았다. 공작이 아버지 이름을 말해주자, 그는 공작의 아버지와 군대 동료였다, 공작의 어머니가 처녀였을 때 그녀를 두고 공작의 아버지와 결투를 할 뻔했다는 등, 한참 동안, 믿을 수 없는 이야기를 사실인 양 늘어놓았다. 공작은 적당히 그의 말에 질문도 하고 짤막하게 대답도 하면서 상대해주었다.

그의 장황한 말이 언제 끝날지 모르던 판에 콜랴가 방문에 얼굴을 내밀고 소리쳤다.

"공작님, 엄마가 잠깐 오시래요."

하지만 이볼긴 장군은 나가려는 공작을 붙잡고, 여전히 그에게 이런저런 횡설수설을 늘어놓았다. 콜랴가 다시 재촉하자 장군은 밖으로 나가 자기 방으로 갔고 공작은 콜랴와 함께 거실로 갔다.

그가 거실로 들어서자 니나가 그에게 말했다.

"공작, 공작에게 물어볼 게 있어서 좀 오시라고 했어요. 아까 가냐에게 공작에 대해 물어보니까 '그 사람은 다 알고 있어요'라고 말하더군요. 그래서 궁금한 것 좀 물어보려고요."

그러면서 그녀는 그에게 나스타시야 필리포브나의 사진을 보여주었다.

"바랴가 가냐의 방에서 가져온 거예요. 가냐는 자기에게 무슨 일이 있었는지 우리들에게 한 마디도 안 해주었어요. 프티진이 이 애에게 해준 이야기들을 듣고 겨우 모든 걸 알게 된 거지요. 그래, 우리 아들을 안 지 오래되었어요? 그 애 말로는 오늘 도착했다던데…….”

공작은 자신의 신상에 대해 간략하게 설명해주었다.

“그래요, 가냐 말마따나 당신이 모든 걸 다 알고 있다면…… 그래 어느 정도나 알고 있는지…….”

그때였다. 가냐와 프티진이 갑자기 방으로 들어섰다. 니나는 하던 말을 급히 멈추었다. 가냐는 책상 위에 있던 사진을 보고 눈살을 찌푸렸다. 그는 화가 난 듯 사진을 집더니 거실 구석에 있는 자기 책상 위에 던졌다. 그러자 니나가 조심스레 입을 열었다.

“가냐, 오늘이니?”

“뭐가 오늘이냐는 거예요?” 가냐는 몸을 부르르 떨더니 갑자기 공작에게 버럭 화를 내며 말했다. “아, 알겠어! 당신이 여기 있었지! ……당신 혹시 환자 아니요? 입을 다물고 있을 수가 없나보지? 이런 젠장…….”

그러자 프티진이 그의 말을 막고 끼어들었다.

“가냐, 그 사람 탓이 아니오. 내가 다 말해준 거요.”

그러자 어머니가 나서서 말했다.

“가냐, 아무 걱정 말아라. 더 이상 꼬치꼬치 묻지 않겠다. 분명히 말하지만 나는 포기 상태다. 전처럼 눈물 흘리며 애원하지 않겠다. 나는 네가 행복하기만 하면 그뿐이다. 그래서 벌써 3주일 째 그 이야기는 입 밖에 꺼내지도 않았다. 다만…… 다만…… 이제 모든 게 다 끝난 마당이니 딱 한 가지만 묻자꾸나. 네가 그 여자를 사랑하지도 않는데 어떻게 동의를 하고 이렇게 사진까지 줄 수 있는 거지? 혹시 네가? 네가 어떻게 그런…… 그런 여자를…….”

“그렇게 남자 경험이 많은 여자란 말인가요?”

“그런 말 하려던 게 아니야. 네가 어떻게 그 여자 눈을 그렇게 멀게 할 수 있었다는 거냐?”

“아니, 어머니. 꼬치꼬치 묻지 않겠다더니 또 그 이야기잖아요. 자, 이걸로 그 이야기는 끝내요…… 어머니가 먼저 그러자고 하셨잖아요. 어쨌든 어떤 일이 있어도 저는 어머니를 버리지 않을 거예요. 제가 나스타시야를 속여 눈멀게 했다고요? 사랑하지도 않으면서? 도대체 누가 그런 말을…… 저는 이렇게 행복한데요.”

그러자 이제까지 가만히 있던 바랴가 입을 열었다.

“오빠, 전에도 말했지만 그 여자가 이 집에 들어오면 내가 집을 나가고 말겠어요.”

"저런 고집불통! 넌 그렇게 고집불통이라 시집도 못 가는 거야! 그래, 네 맘대로 해봐! 나도 이제 너한테 질렸어!"

공작은 그 자리가 거북해서 슬그머니 밖으로 나왔다. 그가 자기 방으로 가려면 식당으로도 쓰는 큰 방을 지나 현관 쪽을 거쳐야 했다. 그런데 그가 현관 앞을 지날 때였다. 누군가 초인종을 열심히 누르고 있음을 알게 되었다. 초인종은 고장이 났는지 아무 소리도 울리지 않았다. 공작은 빗장을 풀고 문을 열어주었다. 그리고는 깜짝 놀라 뒤로 몇 걸음 물러섰다. 공작의 온몸이 떨리고 있었다. 그의 앞에 나스타시야 필리포브나가 서 있었던 것이다. 그녀는 잔뜩 화가 나서 그를 노려보고 있었다. 그녀는 어깨로 그를 밀쳐내고 재빨리 안으로 들어서더니 털 코트를 벗어던지며 화난 목소리로 말했다.

"게을러서 초인종을 못 고쳤다면 현관 앞에라도 앉아 있어야 할 거 아냐! 아니, 저런 코트를 떨어뜨렸잖아! 이런 멍청이 같으니라고!"

공작은 그녀가 벗어던진 코트를 미처 받지 못한 것이다.

"저런 건 내쫓아야 해! 어서 가서 내가 왔다고 전해!"

공작은 뭔가 한마디 하려 했으나 너무 놀라 입이 떨어지지 않았다. 그는 너무 놀라 아무 말도 못 한 채 코트를 집어 들고 거실 쪽으로 향했다.

"저런, 이젠 내 코트까지 들고 가네! 코트는 왜 들고 가는 거야! 호호호, 정말 백치 아냐? 도대체 누가 왔다고 말하려고 그냥 가려는 거야?"

"나스타시야 필리포브나 아니신가요?" 공작이 더듬거리듯 말했다.

"어떻게 내 이름을 아는 거지? 난 너를 본 적이 없는데…… 자, 가서 얼른 내가 왔다고 말해! 그런데 안이 왜 이렇게 시끄러워?"

공작은 정말 위기의 순간에 거실로 들어선 셈이었다. 니나는 말과는 달리 바랴의 편을 들고 있었고, 바랴는 고분고분한 성격이 아니었으며 가냐도 점점 흥분해서 인내력이 바닥나 있었다. 바로 그 순간 공작이 거실로 들어서며 알렸던 것이다.

"나스타시야 필리포브나가 왔습니다."

제9장

일순 방 안이 조용해졌다. 모두들 그의 말을 믿고 싶지 않은 눈치였으며 특히 가냐는 온몸이 얼어붙는 것 같았다. 자신의 가족을 멸시하는 것처럼 오만한 태도를 보이던 그녀가 직접 집으로 찾아오다니! 더욱이 자기 사진을 선물로 준 직후에! 자기 생일 파티에서 그의 운명을 결정하겠다고 약속한 바로 그날 찾아오다니! 그렇다면 이미 결정을 했단 말인가?

모두 어이없는 표정으로 공작을 바라보고 있는데 나스타시야가 문 앞에 서 있는 공작을 살짝 밀어내며 안으로 들어섰다.

"어휴, 겨우 들어왔네. 뭐, 그런 초인종을 달아놓은 건가요?" 그녀는 가냐에게 손을 내밀며 명랑하게 말했다. "아니, 왜 넋이 나간 얼굴이에요? 사람이 왔으면 소개해줘야 하잖아요."

가냐는 겨우 그녀를 누이와 어머니에게 소개했다. 그러면서 바랴에게 위협적인 눈짓을 했다. 바랴는 그녀를 향해 억지로 미소를 지어 보였다.

분위기를 좀 추슬러보려고 어머니가 나스타시야에게 상냥하게 몇 마디 건네려 했지만 나스타시야는 그 말을 다 듣지도 않은 채 가냐를 바라보더니 깔깔 웃으며 말했다.

"아니, 얼굴이 왜 그래요? 맙소사! 지금 왜 그렇게 화가 나 있는 거예요?"

그녀의 깔깔거리는 웃음은 한동안 계속되었다. 정말로 가냐의 얼굴은 평소 그의 모습과는 영 딴판이었다. 그녀의 말에 아연해하던 표정과 우스꽝스럽게 당황하던 모습은 사라졌지만 그는 무서울 정도로 창백해졌으며 입술이 경련으로 비뚤어져 있었다. 그는 계속 깔깔거리고 있는 젊은 여자의 얼굴을 말없이 험악한 표정으로 뚫어져라 바라보고 있었다.

공작 역시 나스타시야를 본 순간 찾아온 일종의 마비 상태에서 벗어나지 못했다. 그는 마치 화석처럼 굳은 채 문간에 서서 그 모든 것을 바라보고 있었다. 그는 가냐의 얼굴이 마치 주검처럼 창백해지며 무섭게 변하는 것을 알아차렸다. 그는 자신도 모르게 갑자기 가냐에게 다가가며 낮게 말했다.

"물 좀 마셔요. 그리고 그런 식의 눈길로 쳐다보지 말아요."

아무런 계산도, 생각도 없이 그냥 흘러나온 말이었다. 그의 말에는 아무런 저의(底意)도 없었다. 하지만 그의 말은 엄청난 반응을 불러일으켰다. 그 말을 듣는 순간 가냐의 모든 분노는 공작을 향했다. 가냐는 공작의 두 어깨를 잡고 이루 말로 표현할 수 없을 정도의 증오와 분노에 가득 찬 눈초리로 공작을 노려보았다. 그 모습을 보고 모두들 얼어붙은 정도였다.

하지만 가냐는 곧 제정신을 차렸다. 그는 신경질적인 웃음을 흘리며 공작에게 말했다.

"아니, 무슨 의사라도 되시는 것 같군…… 그렇지 않소?"

그는 억지로 명랑한 척하면서 공작을 나스타시야에게 소개했다.

"미쉬킨 공작을 소개해드리지요. 오늘에야 알게 된 사람이지만 아주 대단한 사람입니다."

나스타시야는 깜짝 놀라 공작을 바라보았다.

"공작이요? 이분이 공작이란 말이에요? 나는 이분을 하인으로 알았는데, 호, 호, 호."

"우리 집에서 하숙하는 분입니다."

그때 공작은 그곳에 함께 있던 페르디쉬첸코가 그녀에게 귓속말로 "백치랍니다"라고 하는 말을 분명히 들을 수 있었다.

나스타시야가 공작에게 물었다.

"그런데 저를 어떻게 알아보신 거지요? 우리는 한 번도 만난 적이 없는데……."

"당신 사진을 봤습니다. 사진을 본 순간 무척 놀랐었지요. 예판친 장군과 당신 이야기도 했고…… 그리고 오늘 아침 페테르부르크로 들어오는 열차 안에서 당신 이야기를 들었습니다. 로고진이라는 사람에게서. 내가 당신에게 문을 열어주는 순간에도 당신 생각을 하고 있었습니다. 그런데 갑자기 당신이 나타나서……."

그는 말을 맺지 못했다.

"그렇다고 당장에 저를 알아보신 거예요?"

"사진을 보았으니까요. 그리고……."

"그리고 또 뭐죠?"

"내가 생각했던 모습과 완전히 일치했던 거지요…… 그리고 어디선가 본 것 같기도 했고……."

"어디서요? 대체 어디서?"

"어디선가 당신의 눈을 분명히 봤어요…… 하지만 그럴 리가 없는데…… 그냥 아무 뜻 없이 나온 말이에요…… 저는 페테르부르크에 온 적도 없는데…… 어쩌면 꿈속에서…….”

공작은 흥분한 듯 몇 번씩이고 말을 멈추었다. 나스타시야는 호기심이 어린 눈으로 그런 그를 쳐다보았다. 그녀의 얼굴에는 웃음기가 사라지고 없었다.

그 순간 찌렁찌렁한 목소리가 울렸다. 이 집의 가장인 이볼긴 장군이 나타난 것이다. 그는 근래에 보기 드물게 깨끗한 셔츠를 입고 그 위에 프록코트를 걸치고 있었으며, 수염에 염색까지 하고 있었다.

아버지가 나타나자 가냐는 거의 마지막 펀치를 맞은 듯 아찔했다. 자신을 거지 취급하는 나스타시야에게 훗날 보기 좋게 대가를 치러주겠다고 수없이 다짐했던 그가, 그토록 허영심이 많은 그가, 바로 자기 집에서 자기 가족에게 얼굴을 붉혀야만 하는 꼴을 보여줘야 한다니! 아아, 지난 두 달 동안 아버지와 나스타시야가 만날 것을 생각하고 얼마나 괴로워했던가! 결혼식 때까지 아버지를 차라리 어디 가두어두겠다는 생각까지 하지 않았는가!

그런데 아버지가 이렇게 불쑥 찾아 들어온 것이다. 그것도 나스타시야가 그와 그의 가족들을 비웃기 위해 찾아온 게 틀림없을 바로 이 순간에!

모두 얼이 빠져 있는데 페르디쉬첸코가 장군을 붙잡고 나스타시야 앞으로 데리고 갔다. 장군은 젊은 여자 앞에서 미소를 지으며 고개를 숙여 인사했다. 그리고 위엄 있게 말했다.

"아르달리온 알렉산드로비치 이볼긴이요. 불운한 노병이지만 이처럼 아름다운 분을 곧 맞이할 생각에 희망에 차 있는 가정의 가장이고……."

그는 말을 채 맺지 못하고 마침 페르디쉬첸코가 들이민 의자에 털썩 주저앉았다. 바랴와 콜랴는 제발 아버지가 이 방에서 나가줬으면 하고 안절부절못했지만 장군은 아랑곳하지 않고 나스타시야에게 주절주절 이야기를 늘어놓기 시작했다. 나스타시야는 기분이 좋은 듯 장군에게 이런저런 질문을 했다.

장군은 그는 자신이 예판친 장군과 둘도 없는 친구였으며 고인이 된 공작의 아버지와 세 사람은 삼총사였다고 떠벌였다. 나스타시야는 장군의 이야기를 들으며 재미있다는 듯 깔깔거리고 있었지만 그녀의 눈에 조롱기가 가득 차 있음을 그 누구라도 알 수 있었다. 아버지를 바라보는 가냐의 눈길에는 증오가 번득였다. 그는 무의식적으로 장군의 어깨를 붙잡고 덜덜 떨리는 목소리로 말했다.

"아버지, 드릴 말씀이 있으니 잠깐 나오시지요."

바로 그 순간이었다. 현관에서 초인종 소리가 울렸다. 초인종이 제대로 작동한 모양이었다. 어찌나 요란하게 울려대는지 마치 초인종 줄이라도 끊어버릴 것 같은 기세였다. 뭔가 심상치 않은 일이 벌어질 것만 같았다. 콜랴가 문을 열어주려고 뛰쳐나갔다.

곧이어 현관에서 사람들이 시끄럽게 떠드는 소리가 들려왔다. 들리는 소리로 보아 몇 명은 이미 들어서 있었고 나머지는 밖에서 고함을 지르고 있는 것 같았다. 정말로 이상한 방문객들이 들이닥친 것이다. 결국 가냐가 뛰어나가볼 수밖에 없었다. 이미 홀에는 서너 명의 사내들이 들어서 있었다.

"아, 여기 유대인 놈이 나타났네!"

누군가 소리쳤고 공작은 누구의 목소리인지 알 수 있었다. 곧이어 또 다른 목소리가 들렸다.

"맞아요. 그자예요!"

분명히 로고진과 레베데프의 목소리였다.

가냐는 거실 문턱에서 얼어붙은 채, 로고진의 뒤를 따라 십여 명의 사내들이 꾸역꾸역 집 안으로 들어서는 것을 바라보고만 있었다. 로고진 일행은 그야말로 잡동사니였다. 뚱뚱한 놈이 있는가 하면 마른 놈도 있었고, 군인 외투를 걸친 자가 있는가 하면 의과 대학생도 있었고, 폴란드인도 섞여 있었다. 모두 술을 한 잔씩 걸친 것 같았지만 취한 것 같지는 않았다.

"이 가냐 놈아, 잘 있었냐! 그래, 이 로고진 님이 오실 줄 몰랐느냐!"

의기양양하게 고함을 지르며 거실로 들어서려던 로고진이 깜짝 놀라 얼어붙었다. 거실 안에 앉아 있던 나스타시야의 모습을 본 것이다. 그는 여기서 나스타시야의 모습을 보게 되리라고는 꿈에도 생각하지 못했다. 그의 입술이 창백하다 못해 새파랗게 질렸다.

'그래, 사실이었어. 다 끝났구나…….' 그는 혼잣말을 하더니 갑자기 이를 악물고 치밀어 오르는 분노의 눈빛으로 가냐를 바라보았다.

그는 숨을 씩씩거리며 거실 안으로 들어섰다. 레베데프를 비롯해 몇 명이 그 뒤를 따랐다.

"아니, 당신들 누굽니까? 그리고, 도대체 이게 무슨 짓입니까? 여기가 무슨 마구간입니까? 어머니와 누이동생도 있는데……." 가냐가 그들을 보고 말했다.

"누가 어머니와 누이라는 걸 모를까봐? 그래, 이 로고진이 누군지 모르겠다는 거야?"

"글쎄, 어디서 본 것 같기도 한데……."

"흥, 어디서 본 것 같다? 석 달 전에 나한테서 아버지 돈 200루블을 따먹었으면서 모르겠다고? 그 때문에 아버지를 돌아가시게 해놓고? 난 네가 속임수로 돈을 따먹은 것까지 다 알아! 너는 은화 세 닢만 주면 대로에서 네발로 길 놈이야! 넌 치사한 놈이라고! 난, 지금 네놈을 매수하려고 온 거야! 전부 다 사버리겠다! 난 돈이 많다고!"

그는 점점 더 술이 오르는 것 같았다. 그는 나스타시야를 보고 말했다.

"나스타시야, 나를 내쫓지 말고 딱 한 마디만 해줘요! 이놈과 결혼할 겁니까, 아닙니까?"

로고진은 마치 하느님에게 말을 걸고 있는 것처럼 몸을 떨고 있었지만, 동시에 마치 단두대 앞에 서서 더 이상 겁날 게 아무것도 없다는 듯 용기를 내서 말했다. 그는 극도로 초조하게 나스타시야의 대답을 기다렸다.

나스타시야는 그를 조롱의 눈빛으로 바라보더니 바랴와 니나, 가냐를 차례대로 둘러본 후 입을 열고 차분하게 말했다.

"절대로 안 해요. 그런데 그게 당신하고 무슨 상관이지요?

왜 그런 걸 물어보는 거지요?"

"안 해요! 안 한다고요!" 로고진이 기뻐 날뛰며 소리쳤다. "그런데 이놈들이…… 뭐? ……당신이 이놈과 약혼했다고? ……그건 말도 안 돼! 그래, 100루블로 이놈을 매수할 거야. 아니 1천 루블이라도 좋아! 그것도 모자란다면 3천 루블 주지! 이놈이 고이 내게 당신을 넘겨주도록! 자, 가냐, 이 더러운 놈아! 여기 3천 루블이 있다! 어서 받아라!"

"어서 꺼지지 못해! 이 주정뱅이!" 가냐가 새빨갛다 못해 하얗게 질린 얼굴로 고함을 쳤다.

"그래, 맞아! 취했지!" 로고진이 더듬거리더니 나스타시야를 보고 정신 나간 눈빛으로 애원하듯 말했다.

"나스타시야, 여기 1만 8천 루블이 있소."

그 말과 함께 그는 하얀 종이에 싸서 묶은 돈다발을 나스타시야 앞 탁자에 던졌다.

"자, 받아요…… 그게 다가 아니오…… 더 가져오겠소……."

하지만 그는 말을 맺지 못했다. 레베데프의 충고를 따른 것인데 뭔가 어색하다는 느낌이 든 것이었다. 그는 레베데프를 향해 중얼거리듯 말했다. 후회하는 기색이 역력했다.

"제길, 네놈 말을 따르는 게 아니었어. 도대체 무슨 바보짓을 한 거야!"

로고진의 어쩔 줄 몰라하는 표정을 보고 나스타시야가 웃음을 터뜨렸다.

"내게 1만 8천 루블을 준다고? 상것 냄새가 그대로 나는군."

그녀는 로고진을 향해 쏘아붙이더니 그대로 나가버리려는 듯 자리에서 일어났다. 가냐는 가슴 졸이며 그 모든 광경을 지켜보고 있었다.

"그러면 4만 루블! 4만 루블을 주겠소!" 로고진이 소리쳤다.

상황은 걷잡을 수 없이 추악해졌지만 나스타시야는 마치 그 광경을 즐기려는 듯 밖으로 나가지 않고 계속 웃고 있었다. 니나와 바랴는 사태가 어떻게 될지 지켜보고만 있었다. 바랴의 눈은 증오로 번득이고 있었지만 어머니는 이 모든 것이 견디기 어려워 기절이라도 할 듯 몸을 떨고 있었다.

"그렇다면 10만 루블이요. 프티진, 자네 오늘 저녁까지 마련할 수 있겠지? 이자는 듬뿍 쳐줄 테니……."

그때였다. 이제까지 아무 말도 없었던 이볼긴 장군이 잔뜩 화가 난 모습으로 로고진에게 다가오며 고함을 질렀다.

"도대체 이게 무슨 짓인가?" 위엄이 서린 목소리였다. 하지만 이제까지 가만히 지켜보고만 있던 장군이 갑자기 나서서 야단을 치자 오히려 우스꽝스러운 꼴이 되고 말았다. 모두들 웃음을 터뜨렸고 로고진이 빈정거렸다.

"아니, 영감도 계셨나? 자, 자, 영감, 나랑 갑시다. 내가 한잔 사지요."

로고진의 버릇없는 말에 콜랴가 창피해서 눈물을 글썽거리며 "이런 나쁜 놈!" 하며 씩씩거렸다.

그때였다. 분노로 몸을 부르르 떨고 있던 바랴가 갑자기 고함을 질렀다.

"도대체, 이 뻔뻔스러운 여자를 이 집에서 몰아낼 사람이 하나도 없단 말이에요!"

"나보고 뻔뻔스럽다고 했나요?" 나스타시야가 그녀를 무시하듯 명랑한 투로 말했다. "참, 내가 바보였지. 두 여자를 만찬에 초대하려고 온 건데. 가브릴라, 당신 누이가 나를 어떻게 취급하는지 똑똑히 봤죠?"

느닷없는 누이의 말에 가냐는 잠시 얼이 빠진 듯 그 자리에서 있었다. 그러나 나스타시야가 밖으로 나가려 하는 것을 보자 가냐는 미친 듯 누이동생에게 달려들어 사납게 팔을 움켜잡았다.

"이게 도대체 무슨 짓이냐?" 가냐는 마치 누이동생을 박살이라도 낼 듯 험한 눈으로 노려보았다. 하지만 바랴는 지지 않고 쏘아붙였다.

"무슨 짓이냐고요? 도대체 어떻게 하라는 거예요? 그래, 저보고 저 여자에게 사과라도 하라는 거예요? 어머니에게 모욕을 주고 우리 집을 더럽힌 저 여자에게? 오빠가 그렇게 형편없는 인간이었어요?"

바랴는 오빠의 손에서 팔을 빼려고 용을 썼다. 그러나 하도 꽉 움켜쥐었기에 빼낼 수가 없었다. 그녀는 너무 화가 나서 가냐의 얼굴에 침을 뱉었다.

"정말 대단한 아가씨로군! 브라보, 프티진, 정말 축하해요." 나스타시야가 큰 소리로 외쳤다.

이제 가냐는 제정신이 아니었다. 그는 누이동생을 향해 주먹을 쳐들었다. 그가 주먹을 날리려는 순간 누군가 그의 팔을 붙잡았다. 공작이 그들 사이에 끼어든 것이다.

"그만하시오." 공작은 온몸을 떨고 있었지만 음성은 단호했다. 가냐는 누이를 잡고 있던 팔을 놓고 공작의 뺨을 후려쳤다. 여기저기서 놀람의 탄성이 들렸다. 공작의 얼굴이 창백해졌다. 그는 나무라는 눈길로 가냐를 바라보더니 어색한 미소를 지으며 말했다.

"그래…… 나라면 괜찮소…… 하지만 당신 누이는……." 그러더니 그는 한구석으로 가면서 중얼거렸다.

"오, 당신, 당신 행동에 대해 부끄러워하게 될 겁니다."

모두들 공작에게 달려가 그를 위로했다.

"괜찮아요. 아무렇지도 않습니다." 공작이 사람들을 둘러보며 말했다.

"그래, 후회할 거야, 가냐! 부끄러울 거라고!" 로고진이 큰 소리로 말했다. "공작, 대단한 사람이군. 자, 나와 함께 갑시다. 저들은 내버려두고…… 당신, 로고진을 좋아하게 될 거야."

가냐의 행동과 공작의 반응에 크게 놀란 사람이 또 있었다. 바로 나스타시야였다. 이제까지 비웃음으로 일관했던 그녀의 표정에 동요의 빛이 역력했다. 하지만 겉으로는 그런 내색을 전혀 하지 않으려고 애를 쓰고 있었다.

'그래, 어디선가 분명 저 사람 얼굴을 본 것 같아.' 그녀는 방금 자신에게 갑자기 떠오른 생각을 확인하듯 중얼거렸다. 바로 그때였다. 공작이 갑자기 그녀를 향해 큰 소리로 외쳤다.

"오, 당신은 당신 자신이 부끄럽지 않나요? 정말 부끄럽지 않아요? 당신 정말로 억지로 꾸며 보이는 그 모습 그대로인가요? 절대로 그럴 리가 없어요."

가슴속으로부터 우러나오는 비난의 목소리였다. 진지한 열정에 가득 찬 뜻밖의 비난에 나스타시야는 놀랐다. 그녀는 태연한 척 어색한 미소를 지었다. 그녀는 가냐에게 눈길을 한 번 주더니 거실 밖으로 나갔다. 그러나 현관에 도달하기 전에 그녀는 갑자기 몸을 돌려 되돌아왔다. 그녀는 니나에게 다가가 손을 잡더니 그 손에 자신의 입술을 갖다 대며 속삭였다.

"정말이에요. 저분 말이 맞아요. 저는 그런 여자가 아니에요."

그녀는 얼굴이 새빨개진 채 그 말을 하고는 황급히 밖으로 나갔다. 바랴도 옆에서 그 말을 듣고는 놀란 듯 그녀의 뒷모습을 바라보았다.

그녀가 나가자 로고진이 가냐에게 "네가 진 거야"라고 말하며 무리와 함께 밖으로 나갔다.

제10장

공작도 거실에서 나와 제 방으로 들어갔다. 곧이어 콜랴가 따라 들어왔다. 마치 한시라도 공작과 떨어지고 싶지 않은 것 같았다. 콜랴는 나이답지 않게 어른스러운 소년이었다. 그는 진심으로 가족들 걱정을 하고 있었고, 그런 자신의 속마음을 공작에게 모두 털어놓았다. 가족들 이야기를 하던 중 바랴 이야기가 나오자 공작이 한마디 했다.

"나는 네 누나가 마음에 든다."

"누나가 형 얼굴에 침을 뱉다니! 정말 어디서 그런 용기가! 아, 저기 누나가 오네요. 호랑이도 제 말 하면 온다더니…… 정말, 누나는 단점이 없는 건 아니지만 고상한 사람이에요."

바랴가 오자 콜랴는 아버지가 로고진과 함께 나간 것 같다며

혹 무슨 일이라도 있는지 가봐야겠다며 밖으로 나갔다.

바랴는 고맙다는 인사차 찾아왔다며 공작에게 나스타시야에 대해 물어보았다. 공작이 오늘 처음 보았다고 하자 그녀가 말했다.

"그런데 어떻게 그녀에게 '당신은 그런 여자가 아니다'라고 확실하게 말하실 수 있는 거지요? 실제로 그런 여자가 아닐지도 몰라요. 하지만 모든 행동이 전부 이상하고 분별없었던 것도 사실이에요. 그런데 그 여자가 어떻게 공작님 말에는 그렇게 고분고분했을까요?"

"고분고분해요? 무슨 말씀이신지?"

"공작님이 부끄럽지도 않느냐고 하니까, 금세 다른 사람이 되었잖아요. 당신이 그녀에게 영향력이 있는 거예요." 바랴는 가볍게 미소를 지었다.

그때 문이 열리더니 놀랍게도 가냐가 나타났다. 그는 바랴를 흘낏 바라본 후 주저 없이 공작에게 다가가 말했다.

"공작, 내가 비열했소. 제발 용서해주시오."

그의 얼굴에는 진정으로 고통스러운 마음이 드러나 있었다. 공작은 감동해서 그의 손을 잡았다. 두 사람은 껴안고 진심으로 입을 맞추었다. 이윽고 미쉬킨 공작이 깊게 숨을 들이켜며 말했다.

“나는 당신이 이러리라고는 생각지 못했습니다. 당신에게 이럴 수 있는 능력이…….”

“잘못을 인정할 능력이 없다 이거지요…… 게다가 세상에, 당신을 백치로 생각했으니…… 하지만 당신은 남들이 볼 수 없는 것을 볼 수 있어요. 당신과는 무슨 이야기든 할 수 있을 것 같아요. 하지만 지금은…….”

“여기 당신이 잘못을 빌어야 할 사람이 또 있습니다.” 공작이 바랴를 가리키며 말했다.

“아니, 저 애는 속으로 여전히 나를 비난하고 있어요. 공작, 내가 허튼소리 하는 게 아닙니다. 우리 집에서는 그 누구도 진정으로 사과하지 않아요.”

“오빠, 만일 내가 오빠를 용서하고 있다면? 하지만 오빠, 오늘 그 여자 집에 가지 말아요. 그녀는 오빠를 비웃고 있어요. 오빠, 그깟 7만 5천 루블 때문에 그런 걸 다 감수하겠다는 거예요? 그 돈은 절대 그런 걸 보상해주지 못해요. 그러니 오늘 가지 마세요.”

바랴는 가냐가 아무 대답이 없자 화가 나서 나가버렸다.

그러자 가냐가 웃으며 말했다.

"우리 식구들은 다 저렇다니까요. 내가 뭐 그런 것도 모르리라고 생각하고 있어요. 하지만 나는 식구들보다 몇 배는 더 확실하게 알고 있어요."

가냐는 공작과 계속 이야기를 나누기 위해 소파에 앉았다.

가냐가 입을 열었다.

"당신, 내가 이 모든 것을 다 알면서 왜 이런 힘든 일을 감수하는지 알아요?"

"뭐, 흔히 있는 일 아닌가요? 돈 때문에 결혼하는 일은……."

"아니, 내 경우는 절대로 그게 아니에요. 하지만 나는 절대로 그렇지 않다는 티를 안 내요. 당당하게 그녀의 경멸을 받아들이고 있어요. 어쨌든 그녀는 내게로 올 겁니다. 어떻게 되나 두고 봅시다."

"당신이 그렇게 확신하는 게 신기하군요. 그녀를 사랑하지 않으면서……."

"처음에는 사랑했지요. 그것도 아주 충분할 만큼…… 하지만 지금은…… 어쨌든 그녀가 조용히 살겠다고 하면 나도 조용히 살 겁니다. 만일 그녀가 반항하면 즉각 쫓아내고 돈만 챙길 겁니다. 웃음거리가 되고 싶지 않으니까요. 절대로……."

그러자 공작이 조심스럽게 말했다.

"내가 보기에 나스타시야는 현명한 여자입니다. 그런데 그런 험한 일들이 기다리고 있는 걸 빤히 알면서도 왜 그 덫으로 스스로 들어가려는 걸까요?"

"속셈이 있는 거지요. 공작, 당신이 다 알 수는 없잖아요. 내 단언하지만, 그녀는…… 내가 그녀를 미치도록 사랑하는 줄 알고 있어요. 그리고 그녀 자신도 자신이 나를 사랑하고 있다고 확신하고 있어요. 물론 그녀 식의 사랑이지만…… 당신 '나는 그를 사랑하기에 그를 때린다'는 속담 알아요? 그녀는 아마 평생 나를 노예 취급할 겁니다. 하지만 나도 그녀를 놀라게 할 준비가 돼 있어요. 아까 나와 바랴 사이에 있었던 일도 아주 잘된 거예요. 그녀는 그녀를 위해서는 내가 내 가족도 버릴 사람인 줄 알 테니까요. 이거, 내가 너무 말이 많군요. 당신에게 이렇게 속마음을 털어놓다니, 바보짓인지도 모르겠어요. 하지만 당신은 내가 만난 사람들 중 가장 점잖은 사람이에요. 정말 2년 만에 이렇게 마음을 터놓고 이야기하는 겁니다. 이곳에는 정직한 사람이 거의 없어요. 프티진이 그중 좀 낫긴 하지만…… 아니, 웃는 겁니까? 내가 이상한 놈으로 보이나요? 하긴 나스타시야를 비롯해 모두들 나를 그런 눈으로 보지요. 당신도 그렇게 보는 겁니까?"

“절대 아닙니다. 사실, 아까는 당신이 정말 악당이라고 생각했어요. 그런데 당신은 이렇게 나를 기쁘게 해주었어요. 당신은 악당이거나 이상한 사람이 아닙니다. 내가 보기에 당신은 그저 보통 사람들과 다를 바 없어요. 그리고 당신에게는 아직 어린아이처럼 순진하게 말하고 웃고 행동할 수 있는 면이 있어요. 그런데 그 7만 5천 루블에 관한 이야기는…… 정말 터무니없고 있어서는 안 될 일 같아요.”

“내가 이런 이야기를 당신에게 꺼낸 걸 보니 내가 어린애 같다는 당신 말을 증명해주고 있는 것 같군요. 하지만 내가 순전히 계산만으로 그녀와 결혼하려는 건 아닙니다. 순전히 그 돈에 넘어간 거라면 분명 나는 잘못하는 걸 겁니다. 하지만 제게는 열정이 있고, 동기가 있어요. 그 무엇보다 중요한 목적이 있다, 그 말입니다. 내가 그 돈을 받으면 당장 마차라도 살 것 같아요? 나는 3년 전에 산 외투를 너덜너덜해질 때까지 입을 겁니다. 클럽 사람들과의 관계도 끊을 거예요. 나는 성공한 사람들의 본을 따를 겁니다. 프티진은 17년간 노숙을 하며 뼈를 깎는 노력으로 한 푼이라도 아껴 6만 루블의 돈을 모았습니다. 나는 단번에 그런 장애들을 뛰어넘어 시작하는 겁니다. 15년 후에 사람들은 나를 ‘유대의 왕 이볼긴이다’라고 말하게 될 겁니다. 당신, 나보고 보통 사람들과 다름없다고 했지요? 차라리 악당 편에 끼워주지 그랬어요? 내가 평범한 사람이라니 정말 모욕적인 말입니다. 나는 예판친 장군과 그 가족들에게 당하는 온갖 모욕을 참으며 부자가 되어야겠다는 결론에 도달했어요. 일단 돈을 벌고 나면, 나는 가장 독창적인 사람이 될 겁니다. 돈이 비열하고 증오스러운 것은, 그 돈이 재능까지 부여해주기 때문이지요. 당신은 유치하고 낭만적이라고 비웃을지 모르지만 내게는 단순한 장난이 아닙니다. 나는 마지막까지 갈 겁니다. '마지막에 웃는 자가 진짜 웃는 자다!'라는 말도 있잖습니까? 예판친 장군이 왜 나를 비웃는지 알아요? 그가 심술궂은 사람이라서? 아닙니다. 내가 사회적으로 보잘것없는 존재이기 때문입니다. 하지만 그때가 되면…… 아, 콜랴가 벌써 두 번째 코빼기를 내미는군요. 식사 시간이 됐다는 걸 겁니다. 나는 좀 나가 볼일이 있습니다. 제발 나를 배신하지 말아요. 우리는 친구가 아니면 적이 될 것 같은 생각이 드는군요. 내가 가끔 당신 손에 입을 맞추긴 하겠지만 그렇더라도 결국은 당신을 미워하게 될 것 같은 예감이 안 드나요?"

"틀림없이 그렇게 될 것 같습니다. 하지만 영원히 그렇지는 않을 겁니다. 당신은 그걸 견뎌내지 못하고 결국은 나를 용서하게 될 테니까요."

"이런 그 말을 들으니 당신을 더욱 조심해야겠군요. 하나만 더 물어보지요. 당신, 나스타시야 필리포브나를 아주 마음에 들어하는 것 같은데…… 내가 제대로 본 건가요?"

"네, 그녀가 마음에 들어요."

"그녀를 사랑하는 건가요?"

"아니, 아니에요."

"그런데 왜 얼굴이 그렇게 빨갛게 되었지요? 좋아요. 놀리지 않겠어요. 어쨌든 그녀는 정숙한 여자예요. 그녀가 토츠키와 동거한다고 생각하세요? 절대 아니에요. 이미 오래전 일이에요."

그 말을 마치자 그는 들어올 때보다 훨씬 가벼운 마음으로 그 방에서 나갔다. 공작은 10분가량 꼼짝 않고 생각에 잠겨 있었다. 그때 콜랴가 들어왔다. 그리고 미쉬킨 공작에게 쪽지를 전해주었다. 이볼긴 장군이 보낸 쪽지였다.

"바로 코앞에서 술을 마시고 있어요. 무슨 재주로 외상술을 마시는지 모르겠어요. 이런 심부름은 안 하기로 수없이 맹세했는데…… 하지만 아버지가 불쌍해서…… 너무 부담스러워하실 필요 없어요. 푼돈 몇 푼 쥐어 주면 그걸로 다 돼요."

"콜랴, 나도 네 아버지께 볼일이 있어. 할 말이 있거든. 자,

가자.”

이볼긴 장군은 카페 겸 당구장 1층 한구석 탁자에 술병을 앞에 두고 앉아 있었다. 그는 공작을 보자마자 그를 이런 용무로 보자고 한 데 대해 열띤 변명을 길게 늘어놓았지만 공작은 거의 알아들을 수 없었다. 그는 이미 거나하게 취해 있었던 것이다.

공작은 그를 보자 25루블짜리 지폐를 주며 말했다.

“제게 10루블짜리 지폐가 없어요. 이 돈을 잔돈으로 바꿔서 제게 15루블을 돌려주세요. 이것 말고는 한 푼도 없거든요.”

장군은 걱정 말라며 지폐를 챙겨 넣었다. 공작이 장군에게 말했다.

“그런데 장군님, 한 가지 청이 있어요. 나스타시야 필리포브나의 집에 가본 적이 있으세요?”

장군은 여러 번 가봤다고 큰소리를 치며 공작에게 주소를 알려주었다. 공작은 그 집에 꼭 가볼 일이 있으니 데려다줄 수 없겠느냐고 그에게 부탁했다. 그리고 초청도 받지 않고 가는 것이 예의에 어긋난다는 것은 알지만 어떻게든 그 집에 들어가고 싶다고 말했다. 그러자 장군은 둘이 함께 그 집에 가자고, 더러운 나스타시야를 둘이 함께 가서 토벌하자고 씩씩하게 말했다.

하지만 장군은 곧장 자리에서 일어나지 않았다. 장군은 수없이 많은 이야기를 해댔지만 그 어느 한 꼭지도 제대로 끝내지 못했다. 술병을 비우자 또 시키고, 또 시키기를 세 번 이어서 했고 그사이 공작은 장군의 거의 전 생애 이야기를 다 들어야만 했다. 마침내 공작이 더 이상 기다릴 수 없다며 자리에서 일어났고 장군은 술병의 술을 마지막 한 모금까지 다 마신 후 자리에서 일어났다. 온몸이 휘청거리고 있었다. 공작은 이런 사람을 믿었던 자신이 한심하기까지 했다.

거리로 나온 장군은 마치 공작의 부탁은 완전히 잊은 듯했다. 하지만 공작은 그의 뒤를 따를 수밖에 없었다. 옛 동료의 집이라며 어느 집에 들렀다가 쫓겨난 장군은 이번에는 공작을 다른 집으로 끌고 가며 말했다.

"여기 꼭 들를 곳이 있네. 내 영혼의 안식처지. 내 부하였던 체렌치예프 대위의 미망인이 사는 곳이야. 그녀 이름은 마르파 보리소브나인데 정말 천사요."

결국 공작은 장군이 이끄는 대로 그 집으로 함께 들어갈 수밖에 없었다. 그러나 그 천사는 잔뜩 독이 올라 있었다. 마르파는 집안 살림을 다 거덜 내놓고 무슨 낯짝으로 이렇게 고주망태가 되어 왔느냐고 고래고래 고함을 질렀고, 장군이 그녀에게

25루블을 고스란히 내주는 모습을 공작은 가만히 지켜볼 수밖에 없었다.

그런데 그나마 다행인 것은 그 집에서 콜랴를 만난 것이었다. 그를 보자 공작은 너무나 반가웠다.

"콜랴, 너를 여기서 만나다니! 네가 나를 좀 도와줘야겠어. 지금 바로 나스타시야의 집으로 가야 해. 주소는 알고 있어. 네 아버지가 알려주셨거든."

"아버지가요? 아버지는 그녀 집에 한 번도 가본 적이 없어요. 아니, 아버지에게 그 집 주소를 알아내려고 했어요? 원 무슨 이상한 짓을…… 가요, 내가 알아요. 여기서 아주 가까워요. 벌써 9시 반이네…… 지금 바로 가야 하지요? 시간만 있었으면 이폴리트를 공작님께 소개해주고 싶었는데…… 마르파 부인의 장남이에요. 저랑 아주 친한 친구고 재주도 많은데 폐병을 앓고 있고 편견이 많아요. 아까 어린 동생들 보셨지요? 이폴리트는 죽고 싶어도 동생들이 불쌍해서 못 죽는다고 했어요. 그런데 나스타시야가 공작님을 보자마자 초대한 건가요?"

"실은 아니야."

"그럼 왜 가시는 거예요? 더욱이 이런 차림으로…… 고상한 사교계 구경을 하고 싶은 거예요?"

"아니, 정말 볼일이 있어…… 꼭 할 일이…… 하지만 네게는 설명하기가……."

"좋아요. 제가 상관할 일이 아니잖아요. 하지만……."

이어서 콜랴는 공작에게 러시아 사교계가 얼마나 타락했는지 그 나이에 걸맞지 않는 한탄을 한참 늘어놓았다. 그러더니 자기는 이제 돈을 벌어 독립할 것이라며, 나중에 공작과 자기와 이폴리트가 함께 살자고 제안했다. 그는 아버지도 모셔올 것이라고 했다.

이야기를 나누는 동안 둘은 드디어 나스타시야의 집에 도착했다. 멋진 건물이었다. 공작이 어찌할 바를 모르자 콜랴가 말했다.

"너무 겁먹지 마세요. 분명히 들여보내줄 거예요. 그 여자는 정말 독특한 여자거든요. 자, 이 계단으로 가면 돼요. 바로 위층이에요. 문지기가 안내해줄 거예요."

그런 후 콜랴는 다시 이폴리트를 만나야겠다며 발걸음을 옮겼다.

제11장

현관 앞 층계를 오르면서 공작은 불안하기 그지없었다. 그는 온 힘을 다해 스스로를 격려했다.

'기껏해야 나를 받아들이지 않거나 나에 대해 이런저런 험담들을 하는 정도겠지. 혹은 나를 받아들이고는 눈앞에서 실컷 비웃어주거나…… 하지만 그런들 무슨 상관있어?'

실제로 그는 그런 건 아무렇지도 않았다. 그가 두려워하는 것은 따로 있었다.

'내가 여기서 뭘 할 거지? 내가 여기 왜 온 거지?' 그는 그 자문에 시원하게 답을 할 수 없었다. 만일 상황이 허락해서 나스타시야에게 "그 사람과 결혼하지 마세요. 불행해질 겁니다. 그는 당신을 사랑하지 않아요. 그는 오로지 당신의 돈을 사랑하는 겁니다. 저는 그 말을 해주려고 온 겁니다"라고 맞대놓고 말을 할 수 있게 되었다고 치자. 그게 정말 잘하는 짓일까? 그는 결코 그렇다고 수긍할 수 없었다.

그 외에 또 한 가지 풀어야 할 문제가 있었다. 그것은 공작 자신도 감히 머리에 떠올리기 두려울 정도로 중대한 문제였다. 공작 자신도 그 문제를 어떤 말로 표현해야 할지 알 수 없었다. 단지, 그 생각만 해도 얼굴이 시뻘겋게 달아오르고 사지가 떨려올 뿐이었다.

그는 그런 불안과 의혹을 품고 있었음에도 불구하고 안으로 들어가 나스타시야 필리포브나를 만나러 왔다고 말했다.

공작을 맞은 것은 하녀였다. 나스타시야는 남자를 하인으로 두는 법이 없었다. 놀랍게도 하녀는 공작을 스스럼없이 대했다. 틀림없이 주인의 영향을 받은 것이리라. 그녀는 흙투성이가 된 구두를 신고, 다 낡은 모자와 망토를 걸친 채 당황한 듯한 표정으로 나타난 손님을 조금도 망설이지 않고 응접실로 안내했다. 그녀는 그의 망토를 벗겨준 후 기다리라고 말한 후 나스타시야에게 전갈을 하러 곧바로 안으로 들어갔다.

공작이 응접실에서 기다리는 동안 우리는 잠시 안에 모인 사람들을 둘러보기로 하자.

응접실의 손님들은 평소에 그녀의 집에 드나들던 사람들로 우리가 이미 알고 있는 사람들이 대부분이었다. 토츠키와 예판친 장군, 가냐, 프티진 그리고 가냐의 집에 세 들어 살고 있는 페르디쉬첸코가 손님들이었다. 페르디쉬첸코는 토츠키나 예판친 장군과 어울리는 신분이 아니었지만 모임에 활기를 불어넣는 어릿광대 역을 시키기 위해 나스타시야가 초청한 것이다. 그 외에 불쌍해 보이는 늙은 선생, 지독하게 부끄럼을 잘 타는 젊은이, 배우인 듯한 40대의 귀부인, 화려한 복장의 말수가 적은 젊은 부인이 있었다.

토츠키와 장군, 가냐는 그녀가 오늘 중대한 선언을 하기로 되어 있었기에 불안한 표정을 감추지 못하고 있었다. 나스타시야는 가냐와 인사를 나누자마자 그날 공작과 있었던 일을 화제로 끄집어냈다. 그러자 가냐는 자기 집에서 오늘 있었던 일과 자신이 공작에게 사과하러 갔던 일까지 아주 솔직하게 이야기해주었다. 덤덤한 말투였지만 내키지 않는다는 기색은 감출 수 없었다. 그는 사람들이 공작을 '백치'라고 부르는 이유를 전혀 알 수 없으며, 그는 오히려 매우 약삭빠른 사람이라는 자신의 견해도 덧붙였다.

이야기 끝에 로고진 이야기도 나왔으며 프티진은 그가 무슨 수를 써서라도 10만 루블을 오늘 중으로 구해낼 것이라고, 그러기 위해 여러 친구를 모두 동원하고 있다고 말했다. 나스타시야와 가냐는 그에 대해 아무 말이 없었지만 예판친 장군은 다른 사람들보다 초조해 보이는 기색이 역력했다. 자신이 선물한 진주를 나스타시야가 상냥하지만 묘한 냉소를 머금은 표정으로 받아들였기 때문이다. 모인 손님 중에서 깔깔거리면서 명랑한 태도를 보이는 사람은 페르디쉬첸코 뿐이었다.

그런 상황에서 공작의 출현은 시의적절한 것이기도 했다. 공작이 찾아왔다는 하녀의 전갈에 모두들 영문을 모르겠다는 듯 야릇한 미소를 띠었다. 나스타시야의 놀란 표정을 보고 그가 초대받지 않았다는 사실을 알게 되자 사람들의 표정은 더 기묘해졌다.

나스타시야는 직접 손님을 맞으러 나갔다. 공작을 보자 나스타시야가 말했다.

"너무 황급히 떠나는 바람에 초대의 말을 잊었어요. 죄송해요. 이렇게 와주셔서 감사하다는 말을 할 수 있게 해주시다니, 정말, 감사해요."

그녀는 말을 하면서 주의 깊게 공작을 바라보았다. 어떻게든 그가 찾아온 이유를 알아내고 싶어서였다. 공작이 당황하고 있지 않았다면 그는 그녀의 그 상냥한 말에 무언가 대꾸를 할 수 있었을 것이다. 하지만 그는 그녀의 아름다움에 너무 현혹되어 아무 말도 하지 못했다. 그녀는 그날 공들여 화장을 했기에 정말 놀랄 만큼 아름다웠다. 그녀는 그의 팔을 잡고 살롱으로 안내했다. 그런데 그가 살롱 입구에서 갑자기 걸음을 멈추더니 흥분한 목소리로 속삭였다.

"당신의 모든 게 완벽합니다…… 야윈 모습과 창백한 얼굴까지도…… 당신 집에 오고 싶었습니다…… 저는…… 저는…… 용서해주십시오."

"미안해하지 마세요." 나스타시야가 웃으면서 대답했다. "당신다운 모습이 없어지잖아요. 그런데, 정말 제가 그렇게 완벽한가요?"

"그렇습니다."

"당신이 사람을 꿰뚫어본다지만 이번에는 틀렸어요. 그 이야기는 이따 나중에 하지요."

그녀는 공작을 손님들에게 소개해주었다. 그리고 그를 자기 곁에 앉혔다.

모두들 조금 어색해하자 페르디쉬첸코가 큰 소리로 외쳤다.

"아니, 공작이 나타난 게 뭐 그리 놀라운 일입니까? 아, 척

보기에도 뻔하지 않습니까?"

그러자 가냐가 갑자기 그 말을 받았다.

"정말 너무나 분명하지요. 저는 오늘 공작이 장군님 댁에 왔을 때부터 공작을 줄곧 살펴볼 수 있었습니다. 공작이 나스타시야 필리포브나의 사진을 처음 보고 거기 끌렸던 것도 알고 있습니다. 그때 제게 막연하게 떠오른 생각이 있었는데, 이제 확실해진 셈입니다. 정말 확실합니다. 공작 자신도 제게 언뜻 고백했으니까요."

가냐는 농담을 하고 있는 표정이 아니었다. 반대로 지나칠 정도로 진지했으며 이상하게 보일 정도로 침울하기까지 했다.

"저는 고백한 적 없습니다." 공작이 얼굴을 붉히며 말했다. "단지, 당신이 묻기에 대답했을 뿐입니다."

"브라보! 브라보! 적어도 정직하기는 하군요! 교활하면서 동시에 정직하다니!" 페르디쉬첸코의 말이었다. 그러자 예판친 장군이 끼어들었다.

"공작, 당신이 그렇게 대담한 사람인 줄은 몰랐소. 난 당신을 철학자라고 생각했는데…… 이런 엉큼한 사람 같으니!"

나스타시야는 분위기를 바꾸어보자는 듯 모두 샴페인을 들자고 했다. 손님들은 술을 사양하지 않고 마셨다. 다만 가냐는 술을 입에 대지 않았다. 나스타시야는 오늘 자신이 석 잔의 술을 마시겠다고 선언한 후 술잔을 입술에 갖다 댔다. 그녀는 뭔가 초조해하는 것 같았다. 실은 토츠키와 예판친 그리고 가냐도 초조하긴 마찬가지였다. 그들은 모두 이날 저녁 그녀가 하기로 되어 있는 중대 선언을 초조하게 기다리고 있었다. 토츠키와 장군은 자주 두 눈을 맞추었고 가냐는 가끔 몸을 부르르 떨었다.

그때 40대의 여배우가 "프티죄 게임을 하면 어떨까요?"라고 제안을 했다. 그녀의 이름은 다리야 알렉세예브나였다. 프티죄 게임은 프랑스에서 전해진 놀이의 일종이었다. 그러자 즉각 페르디쉬첸코가 말을 받았다.

"제가 프티죄 게임 최신판을 알고 있습니다. 최고의 놀이지요. 지금까지 딱 한 번 해보았는데 그만 실패하고 말았습니다."

"어떻게 하는 건데요?" 다리야가 물었다.

"모두 자리에 그대로 앉은 채 각자 자신이 살아오면서 한 행동 중, 자기 양심에 비추어 가장 못된 짓을 큰 소리로 말하는 겁니다. 가장 중요한 건 진실해야 한다는 겁니다. 거짓말을 해서는 안 됩니다."

"무슨 이상한 소리를!" 장군이 즉각 그의 말을 반박했다. 토츠키도 우스꽝스러운 발상이라고 장군의 편을 들었다. 모두들 떨떠름한 표정으로 엉거주춤하고 있는데 나스타시야가 활기 띤 목소리로 말했다.

"여러분, 우리 한번 해봐요. 지금 별로 즐거운 분위기가 아니잖아요. 분위기도 바꿀 겸 한번 해봐요. 강요할 게 아니라 하고 싶은 사람만 하면 되잖아요. 어때요? 재미있을 것 같지 않아요? 최소한 아주 기발하잖아요."

그러자 페르디쉬첸코가 말했다.

"그것 정말 좋은 생각입니다. 여자분들은 제외하고 남자분들만 하지요. 순서는 제비뽑기로 정하고…… 나스타시야 제안대로 마음이 내키지 않는 분은 빠져도 됩니다. 하지만 그렇게 되면 좀 실례가 되겠지요?"

모두들 떨떠름한 가운데 게임에 참여할 수밖에 없었다. 하지만 가냐는 여전히 망설이며 마지막으로 한마디 했다.

"아니, 그런데 거짓말인지 아닌지는 어떻게 증명할 거지?"

"아, 거짓말이라도 재미있을 거 아닌가? 그리고 가냐, 자네는 그런 걱정할 필요 없어. 자네가 저지른 나쁜 짓은 세상 사람이 다 알고 있으니…… 자, 모두 제비를 뽑아주세요." 페르디쉬첸코가 신이 나서 말했다.

남자들이 모두 제비를 뽑았고 페르디쉬첸코, 프티진, 예판친 장군, 토츠키, 미쉬킨 공작, 가냐의 순으로 정해졌다. 모두들 페르디쉬첸코에게 이야기를 재촉하듯 그의 입을 쳐다보았다.

제12장

페르디쉬첸코가 말했다.

"사실, 여러분들은 제 입에서 대단한 이야기가 나올 것으로 기대하고 있지요? 무슨 큰 도둑질을 했던 경험 같은 것…… 저를 그렇게 보고 있으니까요. 하지만 사실 저는 별로 할 말이 없어요. 아니, 이 세상에 도둑질을 한 번도 안 해본 사람이 있나요? 공작, 그렇지 않아요?"

"당신 말이 맞을지도 모르지요. 하지만 너무 단언할 수도 없습니다."

"당신, 내 말을 듣고 얼굴이 새빨개졌네요. 당신도 평생 남의 물건을 훔쳐본 적이 없다고는 말 못 하겠지요. 그러니까 내가 지금부터 하는 이야기는 그냥 평범하고 불쾌한 이야기일 뿐입니다."

이어서 그는 자신을 초대한 어느 친구의 집 응접실에서 우연히 눈에 띈 3루블짜리 지폐를 그냥 아무 생각 없이 주머니에 넣었던 일, 그로 인해 하녀가 의심을 받아 주인에게 문초를 받게 된 일, 자신은 주머니에 지폐를 그대로 둔 채 하녀에게 잘못을 빌라고 설교했던 경험을 털어놓았다. 그는 그 돈으로 그날 저녁 술을 마셔버렸다고 했다.

"하지만 그 일로 양심의 가책을 느껴본 적은 없었습니다. 다만 두 번 다시 그런 일은 없을 겁니다. 이게 제 이야기의 전부입니다."

정작 게임을 주도했던 페르디쉬첸코부터 첫 단추를 잘못 끼운 셈이었다. 그는 사소한 짓을 일생일대의 잘못으로 포장함으로써 자신을 미화했을 뿐 아니라 자기변명까지 한 것이다. 사람들은 어이없어했다.

프티진은 빠져도 된다는 규칙을 사용해서, 게임에 나서지 않았다. 그다음은 예판친 장군의 순서였다. 하지만 예판친 장군이나, 그다음 번 순서인 토츠키의 이야기도 페르디쉬첸코의 이야기와 대동소이했다. 예판친 장군 이야기가 끝나자 페르디쉬첸코는 "장군님은 생애 가장 추악한 이야기가 아니라 가장 모범적인 이야기를 해주셨군요"라고 비아냥거렸고 나스타시야도 "세상에 장군님이 그렇게 착하신 분인 줄 몰랐네요"라고 비꼬았다.

토츠키의 이야기도 마찬가지였다. 그는 시종 기품을 유지하며 이야기를 했다. 그가 기품을 잃지 않은 채 이야기를 마치자 페르디쉬첸코가 "정말 잘들 하시네요. 이건 사기에 가까워요"라고 한마디 했다. 토츠키도 게임이 재미없으니 한담이나 나누자고 말했다. 그러자 나스타시야가 무심한 듯 말했다.

"그래요, 정말 재미없는 게임이네요. 그만두는 게 어때요. 이제 제가 오늘 약속했던 말을 할 테니 여러분들은 카드놀이나 하세요."

그녀는 무심한 말투로 말했지만 그 말에 모두들 긴장한 모습이었다. 그런데 그녀의 입에서 이어서 나온 말을 듣고 토츠키는 얼굴이 하얗게 질렸고 예판친 장군은 아연실색했다.

나스타시야는 떨리는 목소리로 느닷없이 미쉬킨 공작을 불렀다.

"공작님, 여기 계신 내 오랜 친구 아파나시 이바노비치 토츠키와 예판친 장군님이 제게 끊임없이 결혼을 종용하고 있어요. 공작님 의견을 말씀해주세요. 결혼해야 할까요, 말아야 할까요? 당신 말대로 따르겠어요."

그녀의 말에 가냐는 피가 얼어붙는 것 같았다.

공작이 들릴 듯 말 듯 한 목소리로 되물었다.

"누구…… 누구와 말입니까?"

"가브릴라 아르달리오노비치 이볼긴하고요." 나스타시야가 한 음절 한 음절 똑똑히 발음했다.

얼마간 침묵이 흘렀다. 공작은 마치 가슴이 뭔가 무거운 것에 짓눌린 듯 말을 꺼내지 못하고 있었다.

"아니…… 하지 마세요!" 그는 겨우 중얼거리듯 말한 후 한숨을 크게 내쉬었다.

"그렇다면 그대로 해야죠." 나스타시야는 선언하듯 말한 후 가냐를 향해 약간은 의기양양하게 말했다.

"가브릴라, 공작님의 결정을 들었지요? 그래요, 그게 바로 내 대답이에요. 이제 더 이상 이 문제는 거론하지 말아요."

모든 사람이 웅성거렸다. 다들 놀란 입을 다물지 못하고 있는 가운데 토츠키가 겨우 주섬주섬 말했다.

"하지만…… 나스타시야…… 당신이 먼저 약속을 해놓고…… 이거 뭐라고 말해야 할지…… 이거 원, 정말 난처해서…… 하필 이럴 때…… 사람들이 다 있는 데서…… 그런 중요한 문제를…… 그냥 프티죄 놀이로 끝내버리다니…… 이건 아주 심각한 문제인데…… 명예와 마음이 담긴 문제이고…… 따라서…….”

“무슨 말씀인지 못 알아듣겠네요, 아파나시 이바노비치. 정말 갈피를 못 잡고 계시는 것 같아요. ‘사람들이 다 있는 데서’라고요? 우리 모두 허물없는 사이 아닌가요? 여기서 프티죄 게임은 왜 들먹이나요? 이건 그 게임과 상관없어요. 당신도 게임은 그만두고 재미있는 이야기나 나누자고 했잖아요. 프티죄 게임보다 제 이야기가 재미있지 않나요? 심각하지 않다고요? 정말로 제 말을 심각하게 받아들이지 않으셨어요? 당신도 들으셨지요? 공작님이 결정하는 대로 따르겠다는 제 말. 제 인생이 실오라기 같은 말 한마디에 달려 있던 거예요. 그보다 더 심각한 게 있나요?”

그러자 장군이 나섰다.

“그런데 이 문제에 왜 공작이 끼어드는 거요? 도대체 공작이 뭐요?”

그는 끓어오르는 울화를 참을 수 없을 지경이었다.

“공작님은 이 일과 밀접한 관련이 있지요. 공작님은 제 생애 처음으로 만난, 진실한 영혼을 지닌 분이고, 저는 저분을 믿어요. 저분은 첫눈에 저를 믿었고, 저도 저분을 믿게 된 거예요!"

마침내 가냐가 입술을 일그러뜨린 채 떨리는 목소리로 더듬거렸다.

"그렇다면, 이제, 당신이, 당신이…… 내게 베풀어준 자상한 마음씨에 감사하는 수밖에 없겠군요…… 그래요…… 당연히 그래야 하지요…… 하지만, 하지만…… 이번 일로 공작이……."

"당신 대신 7만 5천 루블을 얻게 될 거다, 이거지요?" 나스타시야가 그의 말을 끊었다. "그 말이 하고 싶었지요? 부인할 필요 없어요. 토츠키 씨, 당신에게 잊은 말이 있군요. 그 7만 5천 루블, 그대로 챙기세요. 공짜로 당신을 풀어주는 거예요. 자, 이제 마음 푹 놓으세요! 9년 3개월이나 묶여 있었잖아요! 내일부터는 새 삶이 시작되는 거예요. 하지만 오늘은 내 생일이고 내 평생 처음으로 나는 내 거예요. 장군님, 진주는 가져가세요. 가서 부인께 주세요. 내일이면 나는 이 집에서 나갈 거고, 더 이상 저녁 파티는 없을 거예요."

말을 마친 그녀는 나가려는 듯 자리에서 일어났다. 모두들 어찌할 바를 몰랐으며 일이 어찌 될 것인지 생각할 수조차 없었다. 그때였다. 요란하게 초인종 소리가 울렸다.

"아, 드디어 결말이! 마침내! 11시 반이야!" 나스타시야가 소리쳤다. "여러분, 모두 자리에 앉아주세요. 이제 드디어 결말이 난 거예요."

그녀가 먼저 자리에 앉았다. 그녀의 입가에 묘한 웃음이 떠올라 있었다. 그녀는 초조한 가운데 두 눈을 문에서 떼지 않은 채 조용히 기다렸다.

"로고진이 10만 루블을 가지고 온 게 분명해." 프티진이 혼잣말로 중얼거렸다.

잠시 후 하녀가 당황한 표정으로 들어와 말했다.

"맙소사, 열 명씩이나 몰려와서 들어오겠다고 난리예요. 모두 취해 있어요. 로고진이라고 하던데, 아가씨를 알고 있다고 해요."

"맞아. 모두들 바로 들여보내."

하녀가 나가자 나스타시야가 사람들에게 말했다.

"여러분, 여러분들 앞에서 저런 사람들을 받아들인 저를 언짢게 생각하시겠지요. 정말 죄송합니다. 하지만 그래야만 했어요. 여러분들이 이 결말의 증인이 되어주시길 바랍니다. 어쩌면 여러분들이 재미있게 여기실지도……."

사람들은 웅성거렸다. 하지만 마치 그녀가 이 모든 일을 미리 계산하고 준비한 것 같아서 그녀의 마음을 돌이킨다는 것은 불가능해 보였다. 한편으로 사람들은 모두 강한 호기심을 느끼기도 했다.

잠시 후 로고진 일당이 들이닥쳤다. 두 명 정도가 추가되었을 뿐 오전에 가냐의 집에 왔던 자들 그대로였다. 로고진이 앞장섰으며 나머지 무리들이 그 뒤를 따르고 있었다. 아침보다는 덜 취해 있는 모습들이었다. 그날의 목적을 이루기 위해 로고진이 그들의 폭음을 막았던 것이다.

하지만 의기양양하게 집 안으로 들어섰던 그들은 화려한 집 안의 치장들, 듣도 보도 못하던 진귀한 물건, 가구, 그림 들을 보고는 조금씩 주눅이 들었다. 게다가 예판친 장군의 위엄 있는 모습을 보고는 대부분 슬그머니 뒷걸음질을 쳤다. 오직 레베데프만이 자신에 찬 모습으로 로고진을 바싹 뒤따라와, 그와 거의 나란히 들어섰다. 그는 유산 140만 루블과 지금 로고진 수중에 있는 10만 루블의 위력을 잘 알고 있었다.

하지만 로고진은 무리들과 달랐다. 그에게는 나스타시야 외에는 아무것도 눈에 들어오지 않았다. 나스타시야의 얼굴을 본 순간 그는 얼굴이 창백해지며 걸음을 멈추었다. 심장은 무서울 정도로 요란하게 고동치고 있었다. 그는 넋이 나간 듯 나스타시야의 얼굴을 뚫어져라 잠시 바라보더니 완전히 정신이 나간 듯 비틀대며 탁자 쪽으로 다가갔다. 그는 지나가면서 사람들이 앉아 있는 의자에 부딪히기도 했고 흙 묻은 신발로 여배우 다리야의 드레스 자락을 밟기도 했다. 하지만 그는 한마디도 사과하지 않았다. 사과할 겨를도 정신도 없었다.

탁자로 다가간 그는 그 위에 자신이 가져온 이상한 물건을 신줏단지 받들듯 올려놓았다. 그 물건은 신문으로 여러 겹 꽁꽁 싸 매여 있었고 노끈으로 칭칭 묶여 있었다. 그런 후 그는 마치 선고를 기다리는 듯 두 손을 내린 채 말없이 서 있었다.

"이게 뭐예요?" 나스타시야가 눈으로 그 물건을 가리키며 물었다.

"10만 루블이요." 로고진이 거의 들릴락 말락 하게 말했다.

"아, 약속을 지켰군요. 자, 앉아요." 그런 후 그녀는 사람들을 둘러보며 거의 도전적인 기색으로 말했다.

"여러분, 여기 이 더러운 꾸러미 속에 10만 루블이 들어 있어요. 아까 이 사람이 제게 10만 루블을 가져오겠다고 큰소리쳤고 나는 기다렸어요. 이 사람은 나를 두고 흥정을 했어요. 처음에는 1만 8천 루블을 부르더니 4만 루블을 거쳐 10만 루블까지

껑충 뛴 거예요. 가브릴라의 누이가 '뻔뻔스러운 여자'라고 욕을 한 제 몸값이…… 오빠의 얼굴에 침까지 뱉더군요. 아주 성깔이 대단한 여자였어요."

"나스타시야 필리포브나!" 장군이 나무라는 투로 그녀의 이름을 불렀다.

"왜요, 장군님! 제 말씀이 몰상식하다는 건가요? 하지만 그 예의범절이라는 것, 이젠 지긋지긋해요. 저는 지난 5년 동안 마치 범접할 수 없는 미덕이라도 갖춘 여자처럼 극장 귀빈석에 앉아 제게 침을 질질 흘리던 사내들을 멀리했어요. 그런데 그렇게 5년 동안 순결을 지켰더니 결국 이 사람이 여러분들 앞에 나타나게 된 거예요. 그리고 탁자 위에 10만 루블을 올려놓은 거예요. 밖에는 마차가 기다리고 있겠지요? 이 사람은 나를 10만 루블의 가치가 있다고 본 거예요. 가냐, 아직 내게 화를 내고 있군요. 당신 정말 나를 당신 집안으로 맞아들일 수 있다고 생각한 거예요? 로고진의 애인인 나를! 공작이 방금 전에 뭐라고 했지요?"

"나는 당신이 로고진의 애인이라고 말하지 않았어요." 공작이 떨리는 목소리로 말했다. 그러자 이제까지 아무 말도 없이 있던 다리야가 나서서 로고진을 가리키며 어서 저 사람을 쫓아내라고 화난 목소리로 말했다. 하지만 나스타시야는 여전히 가냐를 보고 말을 계속했다.

"어쨌든 당신은 안 돼요. 나 같은 여자가 어떻게 당신처럼 명문 가정에 들어가려고 했던 건지 스스로도 납득이 되지 않아요. 가냐, 내가 당신 집에서 무례하게 군 건 일부러 그런 거예요. 미안해요. 당신이 어디까지 갈 수 있는지 마지막으로 확인해보기 위해서였어요. 그런데 정말 놀라웠어요. 어느 정도 짐작은 하고 있었지만 그 정도일 줄은 몰랐어요. 당신은 우리 결혼 전날 여기 계신 장군님이 내게 진주 목걸이를 선물했고 내가 그걸 받았는데도 나를 받아들일 수 있었어요! 그리고 로고진은? 저 사람은 당신 집에서, 당신 어머니와 누이가 보는 앞에서 나를 두고 흥정을 했어요. 그런데도 당신은 내 손을 잡겠다고 우리 집에 이렇게 왔어요! 그렇다면 당신은 3루블을 위해서라면 대로에서 기어갈 사람이라는 로고진의 말이 사실 아닌가요? 당신이 굶어 죽을 처지라면 이해할 수도 있어요. 하지만 당신은 어엿한 일자리가 있는 사람이에요. 그런데 더러운 여자일 뿐 아니라 당신이 증오하는 여자(난 당신이 나를 미워하는 걸 알고 있어요)를 아내로 맞아들이려고 했어요. 그래요, 난 당신 같은 사람은 돈을 위해서라면 살인도 마다하지 않을 거라는 걸 이제 알았어요."

이어서 그녀의 화살은 토츠키를 향했다.

"나도 몰염치한 사람이지만 당신은 더 나빠요. 난 지금 취했어요. 오늘은 내 생일이고 오랫동안 기다려온 날이에요. 이 바람둥이 어르신이 나를 보고 웃고 있네요. 4년 전만 해도 저 사람에게 시집 가버릴까 생각했던 적이 있었어요. 이상하게 생각할지 모르지만 순전히 심술이고 오기였지요. 실제로 저 사람이 결혼하자고 한 적도 있었어요. 하지만 그건 진심이 아니었어요. 그냥 욕정 때문에 한 소리였지요. 그때 나는 저 사람은 미워할 자격도 없다고 생각했어요. 손을 잡으려 해도 뿌리칠 만큼 그냥 싫기만 했어요. 나는 그렇게 요조숙녀인 체하며 5년 동안 살아온 거예요. 하지만 이젠 아니에요. 그냥 거리에서 뒹구는 게 나아요. 그게 진짜 내 자리예요. 로고진과 결혼하든가 아니면 세탁부가 되든가. 이제 내겐 아무것도 없으니까요. 내가 받았던 모든 것 다 저 사람에게 던져버리겠어요. 걸레 조각 하나까지도. 내가 아무것도 가진 게 없으면 내게서 뭘 기대할 수 있겠어요? 가냐에게 한번 물어보고 싶네요. 그래도 나를 아내로 삼을 건지…… 아마 페르디쉬첸코라도 손사래를 칠걸요."

그러자 그 광대가 말했다.

"저요? 안 데려가지요. 난 아주 솔직한 사람이거든요. 하지만 공작은 데려갈 것 같은데…… 나스타시야, 그렇게 한탄만 하지 말고 공작을 한번 봐요. 난 이미 오래전부터 지켜보고 있었거든."

그녀가 공작에게 물었다.

"페르디쉬첸코 말이 사실인가요?"

"그래요." 공작이 대답했다.

"이렇게 아무것도 없는 나를?"

"그래요, 나스타시야."

"이거 재미있는 이야깃거리가 또 하나 생겼군." 장군이 중얼거렸다. "내 그럴 줄 알았지."

공작은 자신을 빤히 바라보고 있는 나스타시야의 얼굴을 슬프고 심각하게, 뚫어져라 바라보았다.

그러자 갑자기 나스타시야가 말했다.

"여기 또 한 분 나타나셨네. 진심인 건 내가 알지요. 어머, 내가 진짜 자선 사업가를 만났네! 정말 다른 사람들과는 다르다고들 하더니…… 그 말이 맞았어. 그런데 공작님, 로고진의 애인인 저를 결혼하고 싶을 정도로 사랑한다면…… 도대체 뭘 먹고살 거지요?"

"나스타시야, 내가 당신과 결혼한다면, 그건, 로고진의 애인이 아니라 선량하고 정숙한 여인과 결혼하는 겁니다."

"내가 정숙하다고요?"

"그렇습니다."

"그런 건 소설 속에서나 나오는 이야기예요. 요즘 사람들은 똑똑해서 그런 건 터무니없다는 걸 다 알아요. 그리고 공작, 당신 같은 사람이 어떻게 결혼할 생각을 할 수 있지요? 공작에게는 아내보다는 유모가 더 필요할 텐데."

그러자 공작이 자리에서 일어나며 말했다. 수줍게 떨리는 목소리였지만 그 목소리에는 확신이 담겨 있었다.

"나스타시야 필리포브나, 당신 말대로 나는 아는 것도 없고 견문도 거의 없습니다. 하지만 나는…… 나는…… 그래요…… 당신이 나를 택해준다면…… 그건 내가 당신에게 영광을 베푸는 게 아니라 당신이 내게 영광을 베푸는 겁니다. 나는 정말 아무것도 아닌 사람입니다. 하지만 당신은 고통을 겪었고 그런 지옥에서 순결하게 빠져나왔습니다. 그건 대단한 일입니다. 그런데 왜 스스로 부끄러워하면서 로고진과 함께 떠나려는 겁니까? 당신은 지금 너무 흥분해 있습니다…… 당신은 7만 5천 루블을 토츠키 씨에게 돌려주었고 이 집에 있는 모든 걸 포기한다고 했습니다. 여기 있는 그 누구도 그렇게 할 수 있는 사람은 없습니다. 나는 당신을…… 당신을…… 사랑합니다. 나는 당신을 위해 죽을 수 있습니다. 나는 그 누구도 당신에 대해 그 어떤 말 한마디라도 하는 걸 용납하지 않을 겁니다. 나스타시야 필리포브나, 우리들이 가난하다면…… 나는 일을 할 겁니다."

그의 말에 페르디쉬첸코와 레베데프는 히죽거렸고 장군은 심히 못마땅한 듯 투덜댔다. 나머지 사람들은 놀란 채 벌린 입을 다물지 못했다.

공작이 여전히 수줍은 어조로 말을 이었다.

"하지만 우리는 가난하지 않고 부자가 될 수도 있을 겁니다. 물론 나도 확신할 수 없고, 아직 아무것도 확인하지 못했습니다. 내가 스위스에 있을 때 모스크바에 있는 살라즈킨이라는 사람에게서 편지를 한 통 받았습니다. 내가 엄청난 유산을 받게 되었다는 편지였습니다. 여기 편지가 있습니다."

공작은 주머니에서 편지 한 통을 꺼냈다. 그러자 장군이 중얼거렸다.

"저 사람, 제정신이야? 이거 완전히 정신병동이로군."

일순간 침묵이 흘렀다. 그 침묵을 깬 것은 프티친이었다.

"정말로 살라즈킨 씨에게서 편지를 받은 겁니까? 그쪽 일에는 아주 능하기로 유명한 사람인데요. 그 사람 편지라면 믿을 만합니다. 제가 그 사람 필적을 아니까, 제게 그 편지를 주시겠어요?”

공작은 프티진에게 편지를 건네주었다. 프티진이 편지를 읽는 동안 모두들 그에게 시선을 집중했다.

제13장

"확실합니다." 마침내 프티진이 공작에게 편지를 건네주며 말했다. "당신은 당신 이모의 유언에 따라 막대한 유산을 상속받게 되었습니다."

모두들 입을 떡 벌리고 있는 가운데 프티진이 편지의 내용을 설명했다.

공작의 부모는 그가 어릴 때 세상을 떴지만 그에게는 그가 한 번도 만나지 못한 큰이모가 살아 있었다. 그의 단 한 명 혈육이었던 그녀가 5개월 전에 사망했다. 그녀의 아버지, 즉 공작의 외할아버지 파푸친은 모스크바 상인이었는데, 파산한 후 궁핍하게 살다가 세상을 떴다. 고인의 형인 또 한 명의 파푸친도 상인이었으며 세상에 이름난 부자였다. 그런데 그의 두 아들이 거의 동시에 사망했고 슬픔에 잠긴 그도 그만 얼마 안 가 죽고 말았다. 그는 홀아비였기에 조카딸, 즉 공작의 이모 외에는 상속인이 없었다. 공작의 이모가 거액의 유산을 물려받게 되었을 때 그녀는 남의 집에서 빌어먹고 사는 처지였으며 종양으로 거의 죽어가고 있었다. 그녀는 죽기 전에 살라즈킨에게 조카를 찾아낼 것을 부탁하며 그에게 유산을 물려준다는 유언을 남길 수 있었다. 살라즈킨의 편지를 받은 공작과 그를 돌보던 슈나이더 박사는 공식적인 통보를 기다릴 필요가 없다고 판단했다. 그래서 공작은 살라즈킨의 편지를 주머니에 넣은 채 페테르부르크행 열차에 몸을 싣게 된 것이다.

프티진이 마지막으로 덧붙였다.

"딱 한 가지만 확실히 말씀드릴 수 있습니다. 모든 것이 완벽하게 정확하고 합법적이라는 것입니다. 공작, 당신의 수중에 지금 돈이 들어와 있는 것이나 다름없습니다. 축하합니다, 공작! 당신은 150만 루블, 혹은 그 이상의 돈을 받게 될 겁니다. 파푸친은 거부(巨富)였으니까요."

"만세!" 레베데프가 혀 꼬부라진 목소리로 외쳤다.

"그런데 나는 저 사람이 불쌍하다며 좀 전에 25루블을 빌려줬으니……." 예판친 장군의 말이었다. 장군은 공작에게 다가가 포옹을 했고 사람들은 공작 주변으로 몰려들었다. 온갖 감탄사와 수군거림이 오가는 가운데 샴페인을 터뜨리자는 사람도 있었다. 혼란스럽기 짝이 없었고 모든 것이 뒤죽박죽이었다. 사람들은 한순간 나스타시야의 존재도, 자신들이 그녀가 주최한 만찬에 참석 중이라는 사실조차도 잊은 것 같았다.

하지만 사람들은 차츰차츰 공작이 그녀에게 청혼했다는 사실을 상기했다. 사태가 점점 더 이상한 방향으로 흘러가기 시작한 것이다.

나스타시야는 여전히 자기 자리에 앉아 있었다. 그녀는 얼마 동안 야릇한 눈빛으로 놀란 듯 사람들을 둘러보았다. 도대체 무슨 일이 벌어졌는지 영문을 알 수 없다는 눈빛이었다. 그녀는 갑자기 공작 쪽으로 시선을 향하더니 양미간을 찌푸리고 사나운 눈길로 조심스럽게 그를 살펴보기 시작했다. 이 모든 것을 무슨 장난이거나 농담처럼 생각하는 것 같았다. 하지만 공작에게 눈길 한 번 주는 것만으로 그 모든 의혹이 풀렸다. 그녀는 잠시 생각에 잠겼고 얼굴에 애매모호한 미소가 떠올랐다.

"내가 공작 부인이 된다?……." 그녀는 비웃는 듯 중얼거렸다. 그러다 다리야와 눈이 마주치자 웃기 시작했다.

"정말 예기치 못한 결말이네요…… 이러리라고는 꿈에도 생각 못 했는데…… 여러분, 왜들 서 있는 거지요? 앉으세요. 그리고 저와 공작을 축하해주세요. 자, 페르디쉬첸코, 샴페인을 더 가져오라고 해요. 그리고 공작, 내 옆에 앉으세요."

이어서 포도주와 샴페인이 날라 왔고 로고진과 함께 온 사내들은 요란한 소리를 지르며 술잔을 들었다. 그리고 많은 사람이 소곤거렸다. '이런 일은 흔하다, 떠돌이 집시를 아내로 삼은 공작이 어디 한둘이냐'는 식이었다. 상황이 완전히 뒤바뀐 것이었다. 로고진은 얼굴을 일그러뜨린 채 도대체 무슨 일이 일어난 것인지 알 수 없다는 표정을 짓고 있었다. 나스타시야가 계속 말했다.

"장군님! 난 이제 공작 부인이에요. 이제부터 나를 모욕하면 안 돼요. 공작이 가만있지 않을걸요. 토츠키 씨, 나를 축하해주세요. 이제 나는 당신 부인과 나란히 앉을 수 있게 되었으니까요. 이런 남편을 둔다는 건 정말 대단한 일 아니에요? 150만 루블을 지닌 상류층 남자인 데다 공작님이시고 게다가 사람들이 '백치'라고 하니, 더 이상 뭘 바라겠어요? 이제 진짜 인생이 시작되나봐요! 로고진, 당신은 한발 늦었네요. 돈뭉치는 가져가요. 난, 공작과 결혼하겠어요."

로고진은 그제야 상황을 깨달은 모양이었다. 그의 얼굴이 이루 형언할 수 없는 고통으로 일그러졌고 입술에서는 신음이 새어 나왔다.

"물러나라!" 그가 공작에게 고함을 질렀다. 그러자 좌중에서 웃음이 터져 나왔다. 다리야가 경멸을 잔뜩 담은 목소리로 그에게 말했다.

"아니, 당신을 위해서 물러나란 말인가요? 돈뭉치를 함부로 탁자 위에 쏟아놓는 촌놈인 당신을 위해서? 저렇게 정식으로 청혼하는 공작을 놔두고 당신 같은 주정뱅이에게 가라고? 그냥 하루 놀고 보자는 당신에게?"

"나도 청혼하겠소! 지금 당장 청혼하겠소! 내 모든 것을 다 주겠소!"

"흥, 술집에서 방금 나온 주정뱅이 같으니! 당신 같은 사람은 당장 쫓아내야 해요!" 다리야가 화난 목소리로 외쳤다.

그러자 나스타시야가 공작에게 말했다.

"들었지요? 저 무지렁이가 당신 신부를 두고 흥정하는 걸 들었지요?"

"그는 취했어요." 공작이 말했다. "그리고 그는 당신을 사랑해요."

"당신은 나중에, 로고진을 따라가려 했던 여자와 결혼한 걸 부끄러워하지 않을까요?"

"그건 당신이 흥분 상태에 있었기에 그리된 겁니다. 당신은 지금도 열에 들떠 있습니다."

"그렇다면 나중에 누군가 '당신 아내가 토츠키의 정부였다'고 말해도 부끄럽지 않을까요?"

"절대로 부끄러워하지 않을 겁니다…… 당신이 원했던 일이 아니니까요."

"그럼 절대로 나를 비난하지 않을 거란 말이지요?"

"결코 그런 일은 없을 겁니다."

"평생 동안 그러지 않으리라고 함부로 장담하지 마세요."

"나스타시야 필리포브나!" 공작이 연민이 스며들어 있는 목소리로 조용히 말했다. "좀 전에도 말했듯이 내가 당신 손을 잡는 게 당신에게 영광이 아니라 당신이 내 손을 잡아주는 것이 내게 영광입니다. 당신은 그 말을 웃어넘겼고 다른 사람들도 마찬가지였지요. 좀 우스꽝스러운 표현인지도 모릅니다. 하지만 나는…… 나는…… 명예 혹은 영광이 어디에 있는지 잘 알고 있었고…… 그래요…… 나는…… 나는 진실을 말한 겁니다.

방금 전 당신은 스스로 돌이킬 수 없는 파멸의 길을 택하려 했습니다. 후에 그런 행동을 한 자신을 결코 용서하지 않게 될 것이니까요. 하지만 그러면 안 됩니다. 당신은 아무 죄도 없습니다. 당신의 삶은 절대로 망가지지 않았습니다. 로고진이 당신 집에 찾아오고 가냐가 당신을 속이려 했던 게 무슨 문제가 됩니까? 왜 자꾸 그런 일에 연연해합니까?

다시 말하지만 당신처럼 행동할 수 있는 사람은 거의 없습니다. 당신이 로고진과 함께 떠나려 했던 건, 당신이 아직 흥분해 있기 때문입니다. 당신은 아직 고통에 빠져 있고 이제 좀 쉬어야 합니다. 나스타시야 필리포브나, 당신은 자존심이 강합니다. 하지만 당신은 자신에게 죄가 있다고 생각하는 그만큼 불행합니다. 당신은 보살핌을 받을 필요가 있고 제가 당신을 보살펴 드리겠습니다. 아까 당신의 사진을 보았을 때 나는 이미 알고 있는 사람을 만난 것 같았습니다. 그리고 당신이 나를 부르고 있는 것 같았습니다. 나는…… 나는…… 당신을…… 평생 존중하며 살겠습니다."

말을 마친 공작의 얼굴이 빨개졌다. 온갖 종류의 사람들이 있는 앞에서 마치 단둘이 있을 때인 양 말했음을 그제야 알아차린 것이다. 그의 말을 듣고 보인 반응은 각양각색이었다.

총각인 프티진은 착잡한 감정을 억누르기 어려운 듯 고개를 숙이고 방바닥을 내려다보고 있었다. 토츠키는 속으로 생각했다. '정말 백치야. 하지만 여자를 유혹하려면 아침이 최고라는 건 잘 알고 있군. 타고난 거야.' 가냐는 한쪽 구석에서 공작을 향해 이글거리는 눈빛을 쏘아 보내고 있었다. "정말 마음씨 고운 분이야!" 다리야는 저절로 감탄이 나오는 걸 어쩌지 못했다. "교양은 있는지 몰라도 완전히 가버린 친구로군." 예판친 장군이 중얼거렸다.

토츠키는 모자를 슬쩍 집어 들고 나가려 하면서, 함께 나가자고 장군과 눈짓을 교환했다. 그때 나스타시야가 입을 열었다.

"공작, 고마워요. 이제까지 내게 그렇게 말해준 사람은 아무도 없었어요. 누구든 나를 두고 흥정만 했지 청혼한 사람은 아무도 없었어요. 토츠키 씨, 공작이 하는 말 들었지요? 어떻게 생각해요? 얼토당토않은 이야기지요? ……로고진, 당신은 가지 말고 있어요. 어쩌면 내가 당신과 함께 갈지도 모르니까요. 당신, 나를 어디로 데려가려고 했나요?"

"예카체린코프 공원으로요." 구석에 있던 레베데프가 대답했다. 로고진은 덜덜 떨면서 나스타시야를 바라보고 있을 뿐이었다. 그는 자기 귀를 의심할 수밖에 없었고, 마치 망치로 얻어맞은 듯 정신을 차릴 수가 없었다.

다리야가 기겁을 하고 외쳤다.

"아니, 나스타시야 도대체 무슨 소리야? 지금 제정신이야? 미친 거 아니야?"

나스타시야는 자리에서 일어나더니 웃으며 말했다.

"내가 공작과 결혼한다는 말이 진심인 줄 알았어요? 내가 이런 어린아이를 망쳐놓으리라고 생각했어요? 어린아이를 데려다가 제멋대로 부리는 짓은 토츠키에게나 어울리는 짓이에요. 자, 가요, 로고진. 그리고 그 돈뭉치를 챙겨서 내게 줘요. 당신이 나와 결혼하든 아니든 그 돈은 내 거예요. 알게 뭐예요? 내가 당신과 결혼 따위는 안 하게 될지…… 내가 당신과 결혼하면 그 돈도 당신 거라고 생각했지요? 천만의 말씀! 나는 염치가 없는 여자예요. 토츠키의 정부였으니까요."

이어서 그녀는 공작을 보고 말했다.

"공작, 당신에게 필요한 여자는 나스타시야가 아니라 아글라야 예판친이에요. 당신이 나랑 결혼하면 저기 페르디쉬첸코가 당신에게 손가락질할걸요! 당신이야 아무렇지도 않겠죠. 하지만 나는 나 때문에 당신이 불행해지고 남들의 손가락질을 받게 하고 싶지 않아요. 나중에 당신 원망을 듣고 싶지도 않고요. 내가 당신과 결혼하면 당신에게 영광이라고요? 토츠키 씨가 웃을 거예요. 얼마나 말도 안 되는지 당신에게 똑바로 말해줄 거고요."

그녀가 이번에는 가냐를 향했다.

"가냐, 당신은 아글라야를 잘못 본 거예요. 그걸 몰랐어요? 당신이 그녀와 흥정을 하려고만 하지 않았어도 그녀는 당신과 결혼했을 거예요. 여러분들 모두 똑같아요. 노는 여자를 택하느냐, 아니면 정숙한 여자를 택하느냐, 둘 중 하나예요. 둘 다 노리려다가는 필히 엉망진창이 돼버릴 거예요."

입을 벌린 채 그녀를 바라보고 있던 예판친 장군은 비틀거리며 소파에서 일어났고 다른 사람들도 모두 자리에서 일어났다. 나스타시야는 마치 제정신이 아닌 것 같았다.

"어떻게 이럴 수가……." 공작이 두 손을 움켜쥐며 신음하듯 말했다.

그러자 공작을 보고 나스타시야가 말했다.

"당신 정말 내 말을 곧이곧대로 받아들였나요? 내가 아무리 더럽혀진 여자라도 자존심은 있어요. 당신 내가 완벽한 사람이라고 말했지요? 공작 부인이라는 직위와 150만 루블을 곧바로 차버리고 스스로 구렁으로 들어가면서 그걸 자랑하고 있으니 퍽도 완전무결하네요! 자, 그런 내가 당신 아내가 될 수 있겠어요? 토츠키 씨, 보시는 대로 나는 100만 루블을 창밖으로 내

팽개쳤어요. 그래, 그런 내가 7만 5천 루블만 있으면 행복해할 거라고 생각했어요? 그 7만 5천 루블 그냥 챙기세요. 당신은 10만 루블도 채우지 못했으니 어찌 보면 로고진이 훨씬 나아요. 가냐는 내가 위로해주겠어요. 이봐요, 로고진, 뭘 해요? 이제 갈 준비를 해야지요."

"그래요, 가야지요. 자, 우선 술들을 가져와라! 자, 마시자……." 로고진은 기쁨에 겨워 그녀 주위를 춤추며 돌았고, 그의 일행들도, 술을 마시며 고함을 질렀다. 장군과 토츠키는 물론이고 얼이 빠져 몸이 굳어버린 가냐도 멍하니 그 광경을 바라보고 있을 뿐이었다.

"아무도 가까이 오지 마! 이 여자는 내 거다! 내 여왕님이다!" 로고진은 고함을 질렀다.

그러자 나스타시야가 웃으며 말했다.

"왜 그렇게 고함을 치는 거예요? 나는 아직 이 집 주인이에요. 나는 내가 원하기만 하면 당신을 문밖으로 쫓아낼 수 있어요. 난 아직 당신에게서 돈을 받지 않았어요. 여전히 저 테이블 위에 있어요. 자, 그걸 내게 갖다줘요. 이 보따리 속에 10만 루블이 들어 있다는 건가요? 어휴, 끔찍스러워. 왜 그래요, 다리야? 아니, 내가 저 사람을 불행하게 만들라는 말이에요? (그녀는 공작을 가리켰다.) 저 사람이 결혼을? 아직 유모 젖이 필요한데. 자, 공작 잘 봐요! 당신 신붓감이 이렇게 돈을 받았어요. 매춘부니까요. 그런데 그런 여자랑 결혼하려 하다니! 그런데 왜 울어요? 견디기 힘들어요? 자, 나처럼 웃어봐요." 그렇게 말하는 그녀의 뺨 위로도 눈물 줄기가 흘러내리고 있었다. 그녀는 계속 말했다.

"공작, 당신은 차라리 이게 나아요. 머지않아 당신은 나를 멸시할 거고 그러면 행복이고 뭐고 없을 거예요. 항변하실 필요 없어요. 난 안 믿어요. 결국 바보 같은 짓일 텐데…… 솔직하게 안녕이라고 말하는 게 나아요. 뭣 때문에 공상 따위를 보듬고 있어요? 나도 이런 꿈을 안 꾼 건 아니에요. 정직하고 착하고 어리석은 사람이 나타나서 '나스타시야, 당신은 죄가 없어요. 당신을 사랑해요'라고 하는 꿈. 바로 당신을 꿈꾼 거예요. 자주 그런 꿈을 꾸었고 미칠 지경이기도 했어요…… 그러나 나는 곧 꿈에서 깨어나야 했어요. 저기 저 사람(그녀는 토츠키를 가리켰다)이 찾아와서 1년에 두 달쯤 머물다 가버렸어요. 나를 더럽히고, 화나게 만들고, 수치스럽고 구역질 나게 만들어놓고서. 수도 없이 연못에 빠져 죽으려 했지만 삶에 무슨 미련이 남았는지 죽지 못했어요. 자, 로고진, 이제 떠날 준비 되었나요?"

"준비됐소. 가까이 오지 마!" 로고진은 마치 누가 나스타시야를 잡으러 오기라도 하는 듯 팔을 휘두르며 말했다.

나스타시야는 두 손으로 돈뭉치를 잡았다.

"가냐, 좋은 생각이 떠올랐어요. 당신에게 보상을 해주고 싶어요. 당신만 다 잃으면 안 되잖아요. 로고진, 저 사람은 3루블을 위해서라면 대로에서도 기어갈 사람이라고 했지요?"

"그렇소." 로고진이 대답했다.

"좋아요. 잘 들어요, 가냐. 마지막으로 당신의 영혼을 시험해보고 싶어요. 당신은 3개월 내내 나를 괴롭혔어요. 이제 내 차례예요. 여기 돈 보따리가 보이지요? 10만 루블이에요. 나는 이 돈뭉치를 사람들이 보는 앞에서 저 벽난로 깊숙이 던져 넣을 거예요. 이 돈 보따리에 불이 옮겨붙는 순간 벽난로에서 이 보따리를 꺼내세요. 장갑을 끼면 안 돼요. 맨손으로 꺼내는 거예요. 그러면 이 돈은 당신 것이 되는 거예요. 손가락에 화상을 좀 입는 대신 10만 루블을 손에 넣을 기회예요. 여기 있는 모든 사람이 증인이에요. 당신이 꺼내지 않으면 돈은 다 불타버릴 거예요. 다른 사람은 절대로 손을 대면 안 되니까. 이 돈은 내 거니까 내 맘대로 해도 돼요. 로고진에게서, 하룻밤 지내기로 한 대가로 받은 거예요. 그렇죠, 로고진? 이건 내 돈이지요?"

"그렇소, 당신 거요. 나의 기쁨, 나의 여왕이여!"

이어서 그녀는 불길이 이는 벽난로에 돈뭉치를 던졌다. 여기저기서 비명이 터졌으며 그녀가 미쳤다고 소리치는 사람들도 있었다. 모두들 벽난로 주변으로 모여들더니 바닥에 엎드려 안을 들여다보며 탄성을 질렀다. 가냐는 그 자리에 얼어붙은 듯 꼼짝도 하지 못했다.

"가냐, 왜 그러고 있는 거예요? 부끄러워할 것 없어요. 어서 보따리를 끄집어내요. 당신의 행복이 저기 있어요."

그러나 가냐는 백지장처럼 얼굴이 창백해진 채 여전히 제자리에 서 있었다. 그는 입가로 묘한 웃음을 흘리고 있었다. 그는 타오르는 불길과 돈뭉치에서 눈길을 떼고 있지 않았지만, 마치 고문을 참아내겠다고 맹세한 사람 같았다. 사람들은 순간적으로 그가 10만 루블을 모두 태워버리리라는 것을 확신할 수 있었다.

"뭐 해요? 돈이 다 타버려요. 사람들 눈길이 무서워서 그러는 거예요? 돈이 다 타버리면 목이라도 매달 사람이? 농담하는 거 아녜요."

사위어가는 두 개의 장작더미에서 피어올랐던 불꽃이 돈다발에 눌려 잦아들었다가, 돈을 싼 종이 네 귀퉁이로 옮겨 붙기 시작했다. 벽난로 안이 환해졌고 불길이 위쪽을 향해 넘실거렸다. 레베데프가 나스타시야 앞으로 뛰쳐나오며 "오오, 마님! 제가 꺼낼 수 있도록……"이라고 울부짖자 로고진이 그를 제지하고 한쪽으로 밀어냈다. 로고진은 나스타시야에게서 눈길을 뗄 수 없었다. 그는 황홀경을 헤매고 있었으며 천국에라도 있는 듯한 기분이었다.

페르디쉬첸코는 "제가 이빨로 1천 루블이라도 꺼내면 안 되겠습니까?"라고 소리쳤지만 나스타시야는 들은 척도 안 했다. 그가 "젠장, 10만 루블이 모두 타버리네!"라고 외치자, 모두들 거의 울부짖듯 소리 지르며 벽난로 가까이 몰려들었다.

보다 못한 페르디쉬첸코가 가냐의 옷소매를 잡고 억지로 벽난로 쪽으로 끌었다. 가냐는 페르디쉬첸코를 힘껏 밀쳐내고 천천히 문 쪽으로 걸어갔다. 그러나 그는 몇 발자국도 옮기지 못하고 그대로 그 자리에 쓰러졌다. 기절한 것이었다.

나스타시야는 가냐에게 물을 갖다 먹이라고 하녀에게 말한 후 부젓가락을 집어 들고 돈뭉치를 꺼냈다. 돈을 싼 종이는 타버렸지만 안쪽에는 불길이 닿지 않아 돈은 무사했다. 레베데프는 "1천 루블 정도는 타버렸는지 모르지만 나머지는 멀쩡해요"라고 말하며 안도의 한숨을 내쉬었다.

“자, 여러분 보셨지요? 이 돈은 이 사람 거예요.” 나스타시야는 돈뭉치를 가냐 옆에 놓으며 말했다. “이 사람은 돈을 꺼내려 하지 않고 잘 참아냈어요. 돈에 대한 욕심을 자존심이 이겨낸 거지요. 자, 여러분 모두가 증인이에요. 이 돈은 이 사람 거예요. 로고진, 가요! 공작, 안녕히 계세요. 생전 처음으로 사람다운 사람을 봤어요. 안녕, 토츠키! 고마워요.”

나스타시야는 로고진 일행과 밖으로 나가 준비해둔 마차에 올랐다. 잠시 후, 미쉬킨 공작은 예판친 장군이 말리는 것을 뿌리치고 뛰쳐나가 마차를 불러 세운 후 예카체린코프 공원으로 가자고 소리쳤다.

제2부

제1장

나스타시야 집에서 그런 이상한 사건이 있고 난 지 이틀 후 우리의 미쉬킨 공작은 유산 상속 문제로 모스크바로 떠났다. 공작은 거의 6개월 동안 모스크바에 머물러 있었기에 그에 관한 사람들의 관심도 차츰 줄어들었고 소식도 거의 없었다. 다만 예판친 장군의 부인 리자베타를 비롯해 장군의 가족들은 끊임없이 그에게 관심을 기울이고 있었다. 그들 가족과 딱 한 번 만났을 뿐인 공작이 그들에게 깊은 인상을 남겼기 때문이라고 말할 수밖에 없다.

지금부터, 확실한 사실이건 혹은 소문을 통한 것이건 공작을 비롯해 우리가 알고 있던 사람들에게 그간 일어난 일을 간단히 정리해 들려주기로 하자.

가냐는 직장을 그만두었다. 그리고 예판친 장군 집에 출입도 전혀 하지 않았다. 그에 관한 여러 가지 음해 섞인 풍문들이 떠돌았지만 우리는 한 가지 확실한 것만 이야기하기로 하자. 나스타시야의 집에서 그런 기괴한 일이 벌어진 바로 그날, 집으로 돌아온 가냐는 잠을 이룰 수 없었다. 그는 초조한 기색을 감추지 못하고 공작이 돌아오기만 기다리고 있었다. 로고진 일행과 나스타시야를 따라 예카체린코프 공원까지 따라갔던 공작은 새벽 5시가 되어서야 돌아왔다. 가냐는 불에 그을린 돈뭉치를 들고 공작의 방으로 찾아가 책상 위에 놓았다. 가냐는 공작에게 언제 기회가 되면 그 돈을 나스타시야에게 돌려주라고 신신당부했다. 공작의 방에 들어갈 때만 해도 그는 절망감에 젖어 있었으며 공작에게 적의를 품고 있었다. 그러나 그는 눈물을 흘리며 공작과 두 시간 정도 이야기를 나누었고, 헤어질 때 두 사람은 다정한 친구가 되었다.

공작이 모스크바로 떠난 지 거의 한 달이 지났을 무렵 예판친 장군 부인은 벨로콘스키 공작 부인에게서 편지를 받았다. 벨로콘스키 공작 부인은 결혼한 큰딸을 만나려고 2주일 전부터 모스크바를 방문 중이었다. 장군 부인이 받은 편지 내용, 예판친 장군 가족들과 가깝게 지내기 시작한 가냐의 여동생 바랴로부터 들은 이야기, 예판친 장군이 수소문해서 알게 된 사실들을 종합해서 그들이 밝혀낸 공작에 관한 소식들을 간추리면 다음과 같다.

공작이 유산을 받게 된 것은 사실이었다. 하지만 그 액수는 소문에 떠도는 것처럼 엄청나지는 않았다. 파푸친의 사업이 워낙 복잡하게 얽혀 있는 데다, 빚도 상당액 있었고 자기에게도 상속권이 있다고 주장하는 자들도 여럿 있었다. 게다가 공작은 주변에서 충고를 했음에도 불구하고 제멋대로 지극히 몰상식하게 일을 처리했다. 그는 찾아오는 모든 이들에게 섭섭하지 않을 정도의 돈을 모두 지불한 것이다. 대부분이 사기꾼임이 틀림없었지만 공작은 그들 중 몇몇은 정말로 어려움을 겪고 있다고 생각하고 선선히 돈을 내주었다. 그런 소식을 들은 장군 부인은 '정말 멍청한 짓이야'라고 공작을 비난했다. 남편이 보기에 장군 부인은 마치 친아들 일인 양 공작의 일에 관심을 쏟고 있었다.

한편 장군은 나스타시야 필리포브나에 관한 소문도 들을 수 있었다. 그녀는 그 요란한 사건이 있던 다음 날 로고진에게서 도망쳐서 모스크바로 갔다는 것이었다. 그리고 로고진이 일당을 이끌고 모스크바로 떠났다고 했다. 나스타시야는 모스크바에서 로고진에게 붙잡혔고 결혼하겠다는 약속까지 했다. 그러나 2주일이 지났을 때 나스타시야는 다시 도망쳐서 어느 시골로 자취를 감추었다. 이어서 공작이 모든 일을 살라즈킨에게 위임하고 어디론가 사라졌다는 소식을 들었다. 이후 나스타시야와 공작에 관한 소식도, 소문도 들을 수 없었다.

한편 토츠키와 예판친의 큰딸 사이에서 오갔던 혼담은 없었던 일이 되었다. 토츠키는 아예 청혼조차 하지 않았다. 장군 부인은 다행이라고 숨을 몰아쉬었고, 장군은 아쉬워했다. 나중에 알게 된 일이지만 토츠키는 프랑스에서 온 어느 후작 부인에게 반해서 그 여자와 프랑스로 갔다고 했다.

한편 예판친 가족들에게 일어난 중요한 몇 가지 일들도 언급해야겠다. 겨울을 지내면서 장군 가족들은 다음 해 여름휴가를 외국에서 보내기로 계획을 세웠다. 사업 때문에 그런 여유를 부릴 수 없다고 고집부리는 장군을 딸들이 집요하게 설득한 결과였다. 하지만 한 가지 사건이 터져 여행은 부득이 연기될 수밖에 없었다. 실은 사건이라기보다는 장군 부부가 천만다행이라고 여긴 '좋은 일'이었다. 모스크바에서 평판이 아주 좋은 S 공작이 페테르부르크를 방문했고, 장군은 어느 백작의 집에서 그를 만났다. 서른 살인 S 공작은 최상류층 사람이었고 재산도 든든했으며 훌륭한 인품과 자질을 지닌 데다 겸손한 사람이었다. S 공작은 호기심이 많은 사람이었으며, 러시아의 사업가들과 사귀는 것을 마다하지 않았다. 그는 자연스럽게 장군의 집에 드나들었고 장군의 둘째 딸 아델라이다에게 호감을 가졌다. 결국 여행은 연기될 수밖에 없었다. 결혼 날짜가 봄으로 잡혔던 것이다.

아델라이다가 결혼한 후 늦여름쯤에 외국으로 휴가를 떠날 수도 있었다. 하지만 이번에는 또 다른 일 때문에 그것마저 여의치 않게 되었다. S 공작은 예판친의 집에 드나들면서 자신의 먼 친척뻘이면서 친하게 지내는 예브게니 파블로비치 라돔스키라는 사람을 함께 데려왔다. 스물여덟 살 된 뛰어나게 잘생긴 청년으로서 시종무관으로 지내고 있었다. 그는 명문가 출신이었으며 재치도 있었고 훌륭한 교육도 받은 전도양양한 사람이었다. 게다가 재산이 어느 정도인지 알 수 없을 정도라고 했다. 장군이 특히 이 부분에 주목했음은 물론이다. 예브게니는 아글라야의 얼굴을 본 순간부터 아예 장군의 집에 들어앉다시피 했다. 사실 아무런 암시도 없었고 오간 말도 없었지만 장군 부부는 이번 여름 여행은 없었던 일로 하는 게 낫겠다고 은연중에 합의했다.

이번에는 이볼긴가, 그러니까 가냐의 집 이야기도 해야겠다. 미쉬킨 공작이 모스크바로 떠난 후 페르디쉬첸코도 어디론가 자취를 감추었고 자연스럽게 하숙 일은 그것으로 막을 내렸다. 바랴는 프티진과 결혼했고 가족은 모두 그의 집으로 이사했다. 그리고 이볼긴 장군에게 뜻하지 않은 일이 벌어졌다. 이리저리 진 빚 때문에 '채무자 감옥' 신세를 지게 된 것이다. 그는 아주 훌륭하게 감옥살이를 소화해냈다. 그는 술병을 앞에 놓고 동료들 앞에서 자신의 화려한 경력을 신나게 늘어놓았다. 프티진과 바랴는 아버지에게 그곳이 더없이 어울리는 곳이라고 말하며, 가끔 혼자서 흐느끼는 어머니 니나의 모습을 보고 놀라기까지 했다.

이 집 막내아들 니콜라이(콜랴)는 누이가 결혼한 후 아예 가족과 담을 쌓고 살았다. 하지만 그는 우울증에 걸린 형 가냐에게 다정하게 대했다. 주로 밖에서 지낸 그는 폐병 환자인 이폴리트 외에도 폭넓게 사람들을 만나고 다녔으며, 특히 예판친가에도 자주 드나들었다. 그는 그 집에서 아주 당당하게 행동했고 어떤 면으로는 건방져 보이기도 했다. 하지만 그는 동시에 친절하고 상냥했다. 그런 그를 아글라야를 제외하고는 모든 가족이 좋아했다. 그러던 어느 날 콜랴가 아글라야에게 편지를 한 통 전해주고는 휙 밖으로 나가버렸다. 아글라야는 '건방진 꼬마'의 뒷모습을 쏘아본 후 편지를 뜯어 읽어보았다.

> 전에 당신은 저를 믿어주었습니다. 이제 저를 완전히 잊으셨겠지요? 제가 어떻게 당신에게 편지를 쓰게 되었느냐고요? 저도 잘 모르겠습니다. 하지만 당신 생각이 나는 걸 어쩔 수 없었습니다. 세 분 모두 그리운 적이 많았지만 특히 당신이 그리웠습니다. 당신이 절실히 필요합니다. 저에 관해서는 쓸 말도, 할 말도 없습니다. 그런 건 아무래도 상관없습니다. 저는 다만 당신이 행복하기만을 빌 뿐입니다. 행복하신가요? 제가 묻고 싶은 것은 그뿐입니다.
>
> 당신의 형제 미쉬킨 공작

그녀는 놀랐다. 그리고 그 편지를 평상시 습관대로 어느 책 갈피에 끼워두었다. 1주일 후 그녀는 그 책이 무슨 책인지 알아보고는 무슨 연유에서인지 깔깔 웃고 말았다. 그 책은 세르반테스의 『라만차의 사나이, 돈키호테』였다.

그녀는 편지를 다시 읽었다. 그리고 생각에 잠겼다.

'혹시 공작이 이 건방진 꼬마를 자기 연락책으로 삼은 건 아닐까?'

그녀는 콜랴를 불러 사정을 물었다. 콜랴는 공작이 페테르부르크를 떠날 때 자기가 공작에게 주소를 알려줬다고 했다. 무슨 급한 일이나 시킬 일이 있으면 연락하라고 했다는 것이었다. 그리고 이 편지가 처음 맡게 된 심부름이었다고 말했다. 아글라야가 콜랴에게서 더 이상 알아낼 것은 없었다.

제2장

6월 초순이었다. 1주일간 페테르부르크의 날씨는 보기 드물게 화창했다. 예판친 장군은 파블롭스크에 호화 별장을 소유하고 있었다. 예판친 장군의 부인 리자베타는 갑자기 그곳에 가서 얼마간 가족과 함께 지내고 싶다고 생각했다. 이틀 후 장군을 제외한 장군 가족들은 그곳으로 떠났다.

예판친 가족이 파블롭스크로 떠난 다음 날인가, 아니면 그 다음 날인가, 레프 니콜라예비치 미쉬킨 공작이 새벽 기차를 타고 모스크바로부터 페테르부르크에 도착했다. 그를 마중 나온 사람은 아무도 없었다. 그러나 공작은 열차에서 내리는 순간 여행객들을 맞이하고 있는 군중들 한가운데서 불타는 듯한 시선이 자기를 바라보고 있다는 이상한 느낌을 받았다. 하지만 그가 그 눈초리의 주인공을 찾으려고 휘둘러보았을 때 그는 그 누구도 발견할 수 없었다. 아주 순간적이었지만 뭔가 불길한 느낌이 드는 것은 어쩔 수 없었다. 그렇지 않아도 공작은 뭔가 걱정거리가 있는 듯 우울한 기색이었다.

공작은 마차를 타고 허름한 여관으로 갔다. 그는 그곳에 방을 두 개 잡은 후 옷을 갈아입고 밖으로 나왔다. 6개월 전 이곳에 처음 왔을 때에 비해서 공작의 차림새는 무척 좋아져 있었다. 하지만 재단사가 최신 유행을 따라 공들여 만든 옷을 입은 그의 모습은 어딘가 우스꽝스러웠다.

공작은 마차를 잡아타고 페테르부르크 동쪽 지역의 서민 거주 지역인 페스키로 향했다. 마차는 로쥐제스트벤스키 거리의 어느 깨끗한 목조 가옥 앞에서 멈추었다. 공작이 놀랄 만큼 깨끗하고 정원도 잘 가꾸어진 집이었다. 공작은 마당을 지나 계단을 오른 후 문을 열어준 하녀에게 레베데프 씨가 있느냐고 물어보았다. 하녀는 안에 있다며 공작을 거실로 안내했다.

레베데프는 공작에게 등을 돌린 채 방 한가운데 서서, 서너 명의 청중들을 향해 뭔가 일장 훈시를 하고 있었다. 손에 책을 든 매우 똑똑해 보이는 열다섯 살 정도의 소년, 상복을 입고 어린아이를 안고 있는 스무 살 정도의 처녀, 역시 상복을 입고 있는 열세 살짜리 소녀, 소파에 비스듬히 누워 있은 이십대 초반의 청년이 바로 청중이었다.

하녀가 레베데프에게 누군가 찾아왔다고 하자 그가 등을 돌렸다. 공작을 본 순간 그는 벼락이라도 맞은 듯 얼어붙어 있다가 "고-공작 각하!"라고 겨우 기운을 내서 부르짖었다. 그러더니 그는 별안간 방에서 사라져버렸다. 어리둥절해 있는 공작에게 소녀이 말했다.

"연미복으로 갈아입으러 간 거예요."

"그리고 당신을 속여 먹을 궁리를 하러 간 거지요." 여전히 소파에 누운 채 청년이 말했다.

소녀의 말대로 잠시 후 레베데프가 옷을 갈아입고 다시 나타났다. 그는 공작을 보며 울먹이듯 말했다.

"겨우 5주밖에 안 됐습죠. 5주! 이 불쌍한 고아들! 어미가 죽었으니!"

실제로 그는 손수건을 꺼내 눈물을 닦았다. 그러자 소녀가 말했다.

"아니, 아버지, 왜 구멍 난 옷을 입었어요? 저 문 뒤에 새 옷이 있는데…… 못 보셨어요?"

"입 다물지 못해, 이 등신아!" 레베데프가 고함을 질렀다. 그러자 소녀도 지지 않고 맞고함을 질렀다. 레베데프는 "요 갓난애를 낳다가 어미가 죽었지요. 불쌍한 고아!"라고 말한 후 소파에 누워 있는 청년을 손가락으로 가리키며 말했다. "저놈은 제 조카입니다. 갓난아기 때부터 데려다 키웠습지요. 하지만 아주 배은망덕한 놈입니다."

이어서 레베데프와 조카 독토렌코 사이에 말다툼이 끝도 없이 이어졌다. 공작은 레베데프가 일부러 딴청을 부리고 있음을 알아차렸다. 공작은 그들의 말다툼 가운데 끼어들며 말했다.

"레베데프 씨, 당신에게 콜랴가 있는 곳을 아는지 물어보려고 왔어요. 모르신다면 이만 가보겠어요."

"제가 콜랴가 있는 곳을 가르쳐줄게요." 청년이 말했다. 레베데프가 "안 돼! 안 돼!"라고 허둥대며 펄쩍 뛰었지만 청년은 아랑곳하지 않고 계속 말했다.

"어제 여기서 잠을 자고 이볼긴 장군을 만나러 갔어요. 공작, 당신이 돈을 갚아주고 장군을 감옥에서 꺼내주었잖아요. 아마 '저울' 여관에서 자고 있을 거예요. 콜랴는 거기가 아니면 파블롭스크의 예판친 장군 별장에 있을 겁니다. 어제 돈이 좀 생겼다며 거기 가겠다고 했거든요."

그러자 레베데프가 황급히 공작을 정원으로 데리고 갔다. 정원에는 탁자가 있었고 주위에 의자들이 있었다. 레베데프는 여전히 초조한 듯 공작에게서 무슨 말이 나올까 기다리고 있었다. 공작은 잠시 가만히 있었다. 마치 자기가 하려던 말을 잊은 것 같았다.

이윽고 그가 입을 열었다.

"레베데프, 난 당신을 충분히 이해할 수 있어요. 당신은 나를 기다린 게 아니지요. 당신 편지 한 통으로 내가 모스크바를 떠나리라고는 생각하지 않은 겁니다. 그냥 양심에 찔려서 편지를 한 거지요. 하지만 내가 이렇게 왔어요. 자, 이제 이쯤으로 충분해요. 이제 더 이상 두 명의 주인을 섬기지 말아요. 로고진이 3주 전에 이곳으로 왔지요? 내가 다 알아요. 전처럼 그녀를 로고진에게 팔았나요, 아닌가요? 사실을 말해줘요."

"그 짐승 같은 인간이 직접 찾아낸 겁니다……."

"그 사람을 욕하지 말아요. 그 사람을 원망하고 있군요."

그러자 레베데프가 갑자기 열을 내서 말했다.

"저를 때렸습니다. 모스크바에서는 무시무시한 개를 데려와 저를 물어뜯게 했습니다."

"레베데프, 더 이상 나를 어린애 취급하지 말아요. 그녀가 정말 로고진을 버리고 모스크바를 떠났나요?"

"정말입니다! 정말이에요! 이번에도 결혼식 전날 도망갔어요. 그녀는 이곳 페테르부르크로 온 후 곧장 제게 찾아왔어요. 그리고 말했어요. '레베데프, 나를 도와줘요. 날 어디 숨겨줘요. 공작에게는 아무 말도 말고…….' 사실 그녀는 로고진보다 당신을 더 겁내고 있어요."

"그러니까, 그들을 다시 만나게 해주었다 이거지요?"

"공작 각하. 제가…… 제가 달리 어찌할 수 있었겠습니까?"

"알았어요. 이제 내가 알아서 하지요. 이제 그녀가 어디 있는지나 말해줘요. 로고진의 집에 있나요?"

"오, 아니에요! 절대 아니에요! 따로 지내고 있어요. 자기는 자유로운 몸이라고 늘 말했는걸요. 얼마나 강하게 주장했는데요. 편지에 쓴 대로 그녀는 페테르부르그스카야 거리에 있는 제 처제 집에 있습니다. 거기 없으면 아마 파블롭스크에 있을 겁니다. 날씨가 좋을 때면 그곳 다리야 알렉세예브나의 별장에 가 있곤 해요. 왜, 그날 저녁 파티에서 보았던 여배우 기억나시지요?"

공작은 갑자기 머리가 아픈 듯 이마를 만지며 자리에서 일어났다.

"어디 불편하신 모양이군요. 아마 여독 때문인지도…… 어디

시골 같은 데서 좀 쉬셨으면…….”

공작은 생각에 잠겼다. 그러자 레베데프가 말을 이었다.

“저도 사흘 후면 가족들과 함께 시골로 갈 작정입니다. 갓 태어난 아기도 돌보고 그동안 집수리도 좀 해야 하거든요. 제 별장도 파블롭스크에 있습니다.”

공작이 깜짝 놀랐다.

“아니, 당신이 파블롭스크로 간다고요? 이게 도대체 웬일이지? 다들 그곳으로 간다고 하니? 당신, 거기 당신 별장이 있다고 했어요?”

“네, 프티진이 싸게 산 별장 하나를 제게 양도했습니다. 아주 좋은 곳입니다. 그래서 다들 파블롭스크로 가려고 하는 거지요. 하지만 저는 별채에 묵을 거고, 별장 본채는…….”

“비어 있다 이거지요? 그걸 내게 세를 주세요.”

레베데프는 공작의 입에서 그 말이 나오길 기다리고 있던 것 같았다. 물론 그 집은 이미 남에게 세를 준 상태였다. 하지만 공작에게서 더 큰돈을 받아낼 수 있으니, 적당히 둘러대서 구두 계약을 깨버리면 그만이었다.

두 사람은 정원에서 나왔다. 공작이 집을 나서려 할 때 레베데프가 공작에게 말했다.

"이러면 좋을 것 같습니다. 오늘 여관에서 나오셔서 제집으로 오세요. 그리고 모레쯤 함께 파블롭스크로 떠나지요."

"생각 좀 해보고요."

공작은 작별 인사도 없이 밖으로 나갔다. 갑자기 허둥대는 모습이었다. 레베데프는 언제나 예의 바르고 세심한 사람으로 알고 있던 공작의 뒷모습을 바라보며 고개를 갸우뚱했다.

제3장

벌써 정오가 가까워지고 있었다. 공작은 예판친 장군의 집을 방문하면 장군을 만날 수도 있으리라 생각했다. 장군은 업무 때문에 별장으로 떠나지 않고 남아 있다는 것을 그는 알고 있었다. 공작은 그를 만나면 곧장 자기를 별장으로 데려다줄 수 있으리라고 생각했다. 하지만 그 전에 꼭 가봐야 할 곳이 있었다. 오늘 장군을 못 만나서 출발이 하루 늦춰지더라도 그곳에 가봐야겠다고 그는 마음먹었다.

어떤 점에서 볼 때 이 방문은 그에게 모험이었다. 그는 그 집에 가야 할지 아닐지 계속 망설이고 있었다. 그는 그 집이 사도바야 거리에서 멀지 않은 고로호바야 거리에 있다는 것만 알고 있었다. 그는 그쪽으로 방향을 잡으며, 가는 도중 최종 결정을 내리리라고 생각했다.

사도바야 거리와 고로호바야 거리가 교차하는 곳에 이르렀을 때 공작은 자신이 엄청나게 흥분해 있는 것을 보고 놀랐다. 그는 자신의 심장이 이렇게까지 두근거리라고는 미처 생각하지 못했다.

제법 멀리 떨어져 있는 집 한 채가 그의 눈길을 끌었다. 분명 그 특이한 생김새 때문이었을 것이다. 훗날 공작은 자신이 '저 집이 틀림없어'라고 중얼거렸다는 것을 기억할 수 있었다. 그는 극도의 호기심에 가득 찬 채 그 집으로 다가갔다. 그 집은 음침한 3층 대저택이었다. 아무런 장식도 없었으며 더러운 녹색 정면은 우중충하기 이를 데 없었다. 환전상들이 주로 살고 있는 이곳에는 그런 건물들이 몇 채 있었다. 지난 세기말쯤에 세워진 그 집들은 세상 변화를 따라가지 않고 거의 옛 모습 그대로 남아 있었다.

그는 그 집 대문으로 다가가 문패를 읽었다.

'로고진, 세습 명예시민'

그는 더 이상 망설이지 않고 유리문을 열었다. 유리문이 그의 등 뒤에서 요란한 소리를 내며 닫혔다. 그는 돌계단을 통해 2층으로 올라가기 시작했다. 그는 로고진이 이 음침한 건물의

2층 전체에 어머니와 동생과 함께 살고 있다는 것을 알고 있었다. 2층 문을 하인이 열어주더니 누가 찾아왔다는 보고도 하지 않은 채 공작을 안으로 들어오게 했다. 공작은 그의 안내에 따라 투박한 가구들로 장식된 홀을 지났다. 그리고 홀을 지나 지그재그로 꼬부라지며 여러 방을 통과했다. 그들은 두세 계단을 오르내리기를 반복한 끝에 마침내 어느 방 앞에 도착했고 하인이 문을 두드렸다.

문을 연 사람은 바로 로고진이었다. 로고진은 공작의 얼굴을 알아본 순간 하얗게 질렸으며 잠시 동안 화석처럼 굳어 있었다. 그는 당황한 빛이 역력한 시선을 공작에게서 떼지 못했고 입가로는 아연한 듯한 웃음을 흘리고 있었다. 공작이 이렇게 나타난 것이 불가능한 일이거나 기적에 가까운 일처럼 여겨졌던 것이다. 공작은 그런 반응을 예상하긴 했지만 정작 그 모습을 보니 놀랐다. 공작이 말했다.

"내가 잘못 찾아온 것 같군. 그냥 가보겠네."

"아냐, 아냐! 잘 온 거야!" 로고진이 정신을 차리고 말했다. "자, 어서 들어오게."

그들은 서로 반말을 했다. 모스크바에서 그들은 자주 만나 함께 시간을 보내면서 친해졌던 것이다. 둘은 서로 상대방에게

서 깊은 인상을 받았다. 하지만 최근 석 달 동안 그들은 만나지 못했다.

로고진이 공작에게 앉을 것을 권했다. 순간 공작은 우연히 고개를 돌리다가 그의 눈길과 마주쳤다. 공작은 그 눈길에서 이상한 느낌을 받고 흠칫 동작을 멈추었다. 동시에 얼마 전에 받았던 어둡고 고통스러웠던 느낌이 되살아났다. 공작은 한동안 로고진을 바라보았다.

로고진이 말했다.

"뭘 그리 뚫어져라 바라보는 건가? 자, 앉게."

공작은 의자에 앉았다. 공작이 말했다.

"로고진, 솔직히 말해주게. 내가 오늘 페테르부르크에 올 거라는 걸 알았나, 몰랐나?"

"자네가 올 거라는 생각은 했지. 내 생각이 맞은 거야. 하지만 자네가 오늘 올 줄은 어떻게 알았겠나?" 로고진이 날카로운 웃음을 흘리며 대답했다.

공작은 방 안을 둘러보며 물었다.

"이제 여기 이렇게 정착한 건가?"

"그래. 내 집에 사는 거지, 뭐. 내 집 말고 갈 만한 곳이 따로 있나?"

"우리 오랫동안 못 봤지? 그래도 자네 소식은 들었다네. 자네가 패거리들을 다 해산시키고 집에 들어갔다는 소식을 들었지. 이제 이상한 짓은 안 하겠군. 그래, 이 집에는 누구와 함께 살고 있나?"

"이 집은 어머니 소유야. 어머니는 이 복도 건너편 쪽을 쓰고 있고 동생은 별채에 살고 있지. 아직 총각이야."

"자네, 결혼식을 이 집에서 하겠군."

"그, 그래……." 로고진은 공작의 예기치 않은 질문에 몸을 움찔했다.

"곧 할 건가?"

"그게 내 마음대로 되지 않는다는 걸 자네도 잘 알고 있지 않은가?"

그러자 마치 기다렸다는 듯 공작이 말했다.

"로고진, 나는 자네의 적이 아니라네. 전에도 그랬듯이 난 자네를 훼방 놓고 싶지 않아. 자네도 알다시피 자네가 모스크바에서 결혼을 앞두고 있을 때 나는 그걸 막지 않았네. 그녀가 결혼식을 앞두고 내게 달려와 '구해줘요'라고 말한 거라네. 그런 후 그녀는 내게서도 도망가버렸네. 그런 후 자네가 그녀를 찾아내 다시 결혼을 하기로 했다는 것도 알고 있네. 그녀가 다시 도망쳤다지? 그게 사실인가? 레베데프가 그 소식을 알려줘서 내가 이곳에 온 거라네. 나는 그녀를 만나면 그녀에게 외국으로 가라고 설득하려고 하네. 그녀의 건강을 위해서지. 특히 그녀의 마음이 병들어 있는 것 같으니 달래줄 필요가 있다고 본 거라네. 물론 나는 그녀와 함께 외국에 갈 생각이 전혀 없네. 진심이니 믿어주게.

만일 자네와 그녀와의 결혼이 성사된다면 난 곁에 얼씬도 안 할뿐더러 자네에게 더 이상 찾아오지도 않겠네. 자네, 내가 자네에게 거짓말을 하지 않는다는 거 잘 알지? 내가 언제나 자네에게 솔직했다는 거 잘 알지? 이 문제에 관한 한 내 생각을 자네에게 감추려 한 적이 없다네. 지금도 마찬가지야. 내가 자네에게 말했지? 그녀가 자네에게 시집을 간다면 그녀는 필연적으로 파멸하게 될 거라고…… 자네도 마찬가지로 파멸할 거야…… 그녀보다 더할지도 모르지. 자네와 그녀 사이가 다시 틀어진다면 나는 기뻐할 거야. 하지만 내가 둘을 갈라놓기 위해 애쓸 생각은 추호도 없네. 그러니 안심하게. 나를 조금도 의심할 필요 없어. 내가 언제 자네의 라이벌이었던 적이 있었나? 그녀가 내게로 도망 왔을 때조차도 난 자네 적수가 아니었다네. 자네, 웃는군. 자네가 왜 웃는지 난 잘 알고 있어. 하긴 우리는 전혀 다른 환경에서 살아왔으니까. 내가 전에도 설명한 적 있지? '나는 그녀를 사랑으로 사랑하는 게 아니라 연민으로 사랑한다'고. 자네는 그때 이해할 수 있다고 했지? 사실이야? 정말 이해한 거야? 그런데 왜 그렇게 증오의 눈길로 나를 보고 있지? 나는 자네를 안심시키기 위해 찾아온 거야. 자네도 내게 소중한 사람이니까…… 나는 자네를 무척이나 사랑한다네. 자, 이제 그만 가보겠네. 다시는 찾아오지 않을 걸세. 잘 있게."

공작이 자리에서 일어났다. 그러자 로고진이 말했다.

"잠깐만 앉아 있게. 오랫동안 보지 못했는데 이렇게 금세 가려고……."

공작은 다시 앉았다. 잠시 침묵이 흐른 후에 로고진이 다시 입을 열었다.

"자네가 내 앞에 없으면 나는 즉시 자네를 증오하게 돼. 자네를 보지 못한 지난 3개월 동안 나는 내내 자네에게 분노를 느끼고 있었어. 독살이라도 시키고 싶을 정도였지. 사실이라네. 그런데 자네와 이렇게 채 15분도 함께 있지 않았는데 증오심은 어디론가 사라져버리고 자네가 전처럼 다정하게 여겨져. 그리고 자네 말이 맞는 걸 느껴. 우리는 동렬의 사람이 아니야. 사랑도 다른 식으로 하고 있어. 모든 게 달라. 자네 연민 때문에 그녀를 사랑한다고 했지? 내겐 그런 연민 같은 건 없어. 게다가 그녀는 나를 증오하고 있어. 내 꿈에서도 그렇고 실제로도 그래. 자네 믿을지 모르겠지만 지난 5일 동안 그녀를 보지 못했네. 그녀를 찾아갈 용기가 나지 않아서야. 분명 '뭐 하러 왔어?' 라고 물을 테니까. 전처럼 내게 모욕을 주고 나를 쓰레기 보듯 할 게 뻔하니까."

"그런데도 자네는 그녀와 결혼을 하겠다는 건가? 그런 다음 어떻게 하겠다는 건가?"

로고진은 고통스러우면서 동시에 무시무시한 눈길로 공작을 바라보았을 뿐 아무 대답도 하지 않았다. 그는 혼잣말로 중얼거리듯 말했다.

"내가 그녀에게 얼마나 큰 모욕을 당했는지 자네가 안다면…… 하지만 나는, 나는 그녀를 포기할 수 없어…… 더욱이 그녀는 여기로 쫓아온 내게, 나와 결혼할 생각을 완전히 버린 게 아니라고 말했어…… 다만 때가 되기를 기다릴 뿐이라고 말했어…… 자기는 여전히 자신의 주인이라며…… 나도 기다려야 한다고……." 그는 공작을 정색하고 바라보며 말했다.

"자, 이게 지금 내가 처한 상황이라네. 만약 자네였다면 어떻게 하겠나?"

“자네 생각은 어떤데?” 공작이 로고진을 똑바로 바라보며 물었다.

“내 생각이 어떻기는 뭐가 어때!” 로고진이 고함을 버럭 지르며 말했다.

“암튼 나는 자네를 방해하고 싶은 생각이 없네.” 공작이 말과 함께 자리에서 일어났다. 로고진에게 말을 건넸다기보다는 마치 자신의 속내 생각에 대해 스스로 대답을 한 것 같았다. 그러자 갑자기 로고진이 눈에 생기를 띠고 말했다.

“내가 무슨 말을 하고 싶은 건지 알아? 자네가 왜 그렇게 양보하는지 도무지 알 수가 없다고! 정말 그녀를 사랑하지 않게 된 건가? 전에는 그토록 괴로워하지 않았나? 그렇다면 도대체 이 페테르부르크로는 왜 달려온 거지? 연민 때문에?”

그는 조롱기 섞인 표정을 지으며 큰 소리로 웃었다.

“내가 거짓말을 하는 것 같은가?” 공작이 말했다.

“아니, 난 자네를 믿어. 하지만 도무지 이해할 수가 없을 뿐이야. 내가 보기로는 자네의 연민이 내 사랑보다 더 강한 것 같으니!”

“자네에게는 사랑과 증오가 뒤섞여 있어. 하지만 사랑은 지나간다네. 그러면 더욱 상황이 나빠질 거고…… 그 말만 하고 싶을 뿐이네." 공작이 웃으며 말했다. "내가 한 가지 말해주겠네. 여기에 자네 아버지 초상화가 걸려 있군. 자네에게 이런 일만 벌어지지 않았으면 자네는 자네 아버지와 똑같은 사람이 되었을 거야. 순종적이고 말 없는 아내와 함께 시무룩한 표정으로 돈을 벌며 살겠지. 물론 늙었을 때 이야기지만……."

"정말 놀랍군. 그녀도 아버지 초상화를 보고 비슷한 이야기를 했는데……."

"그렇다면 그녀가 이 집에 왔었단 말인가?" 공작이 호기심에 찬 목소리로 물었다.

"왔었지. 어머니를 만나보고 좋은 며느리가 되겠다는 말도 했어. 그런데 초상화를 보며 선친에 대해 꼬치꼬치 물어보더니 '당신도 저렇게 될 거야'라고 웃으며 말하더군. '로고진 당신은 열정적인 사람이야. 그 열정에만 몸을 맡기면 시베리아로 유형을 가겠지만 당신은 사리 판단력이 있어'라고 말했지. 내가 똑똑히 기억해. 그리고 이어서 말했지. '지금이라도 이런 어린애 장난은 그만둬. 그냥 무식한 사람이니까 거기 맞게 살아. 돈, 돈 하면서 살다보면 나중에 200만 루블이 아니라 1천만 루블을 벌게 될 거야. 그런 후 돈 자루에 파묻혀 굶어 죽게 되겠지. 당신은 정열적인 사람이니까'라고 말했어. 토씨 하나 빼놓지 않고 그대로 옮긴 거야."

"이보게 로고진, 실은 나도 정말 궁금한 게 있다네. 왜 그녀가 자네와 결혼할 결심을 했던 걸까 하는 걸세. 내가 그에 대한 확답은 내릴 수 없지만 짐작은 할 수 있네. 자네에게 묻겠네. 자네, 그녀를 그렇게 사랑한다면 그녀에게서 존중받고 싶은 생각은 없나?

그녀는 자네가 자기를 진심으로 사랑한다는 것을 알고 있네. 그리고 자네에게 장점이 있다는 걸 확신하고 있는 거야. 달리는 설명할 수가 없어! 그녀가 이 집에 왔다고 했지? 어머니에게 좋은 며느리가 되겠다고 했다고? 자네에게 이제까지 보여주던 모습과는 전혀 다른 모습을 보여준 거야. 그런데 자네는 의심이 많고 질투심이 강해서 일을 나쁘게만 보고 과장하고 있어. 그녀는 자네가 생각하듯 그렇게 자네를 나쁘게 보고 있는 게 아니야. 만일 그렇지 않다면 뭣 하러 일부러 물속으로 뛰어들거나 칼날 밑으로 파고드는 짓을 하려 했겠는가? 그럴 수가 있나? 그 누가 그렇게 일부러 죽음 속으로 뛰어들겠어?"

로고진은 쓴웃음을 지으며 공작의 말에 끝까지 귀를 기울였다. 하지만 공작의 말에 조금도 마음이 흔들리는 것 같지는 않았다.

“물속이나 칼날이라…… 그래, 그거로군…… 그녀가 내게 시집오겠다는 건, 그 칼날을 기다리겠다는 뜻이로군…… 이보게 공작, 자네야말로 이 일의 핵심을 모르고 있는 것 같군.”

“무슨 말인가?”

“물론 이해가 잘 안 되겠지, 헤헤헤…… 하긴 사람들이 말하지…… 자네는 뭔가 다르다고…… 그녀는 다른 사람을 사랑하고 있는 거야…… 그게 핵심이야! 내가 지금 그녀를 사랑하듯 그녀는 다른 사람을 사랑하고 있다 이거야…… 그 다른 사람이 누군지 알아? 그건 바로 *자네*야! 그래, 바로 *자네*! 자네 그걸 몰랐나?”

“나!”

“그래, 생일 파티 날부터 그녀는 자네를 사랑하게 된 거야. 단지 자네와는 결혼할 수 없다는 걸 알았을 뿐이지. 자네의 명예를 더럽히고 자네를 불행하게 만들 테니까…… ‘내가 어떤 여잔지 다 알잖아요’라고 그녀가 말했어. 하지만 나와는 결혼할 수 있지. 내 인생을 망치건 말건 아무 상관이 없으니까! 실은 자네도 속으로는 ‘그녀가 어떻게 이런 자와 결혼한단 말인가!’라고 생각하고 있어. 내가 모를 줄 알고?”

“로고진, 이건 모두 자네의 질투심에서 나온 생각이야……

자네는 모든 걸 과장하고 있어…… 그건 정상이 아니야…….”

공작은 몹시 동요하고 있었다. 그는 무심결에 탁자 위에 놓인 작은 칼을 집어 들었고 로고진은 얼른 그 칼을 빼앗더니 다시 탁자 위에 놓았다.

“종이 자르는 칼인가?” 공작이 무심코 물었다.

“맞아.”

“원예용 칼 같은데…….”

“원예용 칼로 종이를 자르지 말라는 법이 있나?”

공작은 “우리가 지금 무슨 이야기를 하고 있는 거지?”라고 웃으며 말하더니 로고진에게 인사를 건네듯 마는 듯 하고 그 방에서 나왔다. 그러자 로고진이 안내를 하겠다며 공작을 뒤따라 나왔다.

둘은 공작이 이미 거쳐 왔던 방을 지나쳤다. 둘이 홀에 들어섰을 때였다. 다음 방으로 통하는 문 위에 걸려 있는 그림을 공작이 흘낏 바라보았다. 방금 십자가에서 내려진 예수를 묘사하고 있는 그림이었다. 그러자 로고진이 걸음을 멈추고 말했다.

“이 홀에 그림들이 많지? 다 선친이 1~2루블을 주고 구입한 싸구려 그림들이라네. 이 그림도 2루블에 구입한 건데 어느 감정가가 보더니 수백 루블은 나갈 그림이라고 하더군.”

그러자 공작이 그림을 들여다보고 말했다.

"한스 홀바인 그림 복제품이군. 내가 전문가는 아니지만 대단히 뛰어난 복제품이네. 그 정도 값은 충분히 나갈 거야."

그러자 로고진이 갑자기 이상한 눈초리로 공작을 바라보며 물었다.

"이보게, 오래전부터 자네에게 물어보고 싶은 게 있었네. 자네 신을 믿는가, 믿지 않는가?"

공작은 이 친구가 갑자기 왜 이런 것을 묻는가 하는 표정을 짓더니 미소를 띠고 말했다.

"신앙에 관한 거라면 내가 만났던 각기 다른 네 사람에 대한 이야기로 대신하겠네. 지난주 이틀에 걸쳐 만난 사람들이야. 그 중 한 명은 기차를 타고 가다가 객실에서 만난 S라는 사람이야. 그는 무신론자로 널리 알려진 사람이었지. 정말 학식이 많기로 유명한 사람이라서 그 사람과 유식한 이야기를 나눌 수 있게 되어 기뻤다네. 소문대로 아는 게 정말 많은 데다 보기 드물게 교양도 있어서 나를 자신처럼 아는 게 많은 사람처럼 동등하게 대해주었다네. 그는 신을 믿지 않았어. 그리고 그에 대해 많은 이야기를 했지. 그런데 내가 놀란 것은 신앙에 관한 한 그가 주제와 벗어난 이야기만 하고 있었다는 거야. 무신론자들의 이야기를 듣거나 그들이 쓴 책을 볼 때면 늘 그런 생각이 들었는데 그도 예외가 아니었어. 겉으로는 신앙 이야기를 하고 있는 것 같았지만 마치 수박 겉핥기식이라는 느낌이 들었거든. 물론 그에게 그런 이야기를 하긴 했지. 하지만 내 말이 좀 불분명했나 봐. 그는 내 말을 알아듣지 못하는 것 같았어.

그날 저녁 나는 어느 읍내 여관에 묵었어. 그런데 바로 전날 밤에 그곳에서 살인사건이 벌어져서 모두들 그에 대해 수군거리고 있었지. 평소에 아주 정직한 사람으로 알려져 있는 데다 살림도 넉넉한 어느 농부가 저지른 살인이었지. 그는 친구가 노란 구슬 줄이 달린 은시계를 차고 있는 모습을 보게 되었어. 그가 전에는 구경도 못 해본 그런 시계였지. 그는 그 시계가 너무 마음에 들었어. 그 시계가 너무 탐이 나서 참을 수 없었던 거야. 그는 친구가 등을 돌리고 있는 사이, 칼을 집어 들고 살그머니 친구에게 다가가 하늘을 보며 성호를 그었지. 그리고 혼자서 기도를 올렸어. '주님, 예수님의 이름으로 저를 용서해주소서!'라고. 그는 단칼에 친구를 베어버리고 시계를 훔쳤다네."

로고진은 웃음을 터뜨렸다. 이제까지 그토록 침울하던 그가 터뜨린 웃음은 이상해 보이기조차 했다.

"난, 그런 이야기 정말 좋아해. 정말 재미있어. 어떤 사람은 신을 믿지 않는다고 점잖게 우기고, 어떤 사람은 사람에게 칼질을 하면서도 기도를 할 만큼 신을 믿고 있다니! 정말이지 재미있어!"

공작은 로고진의 웃음이 멈출 때까지 기다렸다가 이야기를 계속했다.

"다음 날 아침 나는 산책을 나갔어. 어느 술 취한 병사가 비틀거리며 걷고 있더니 나를 보곤 다가오더군. '신사 양반, 이 은 십자가를 사세요. 단돈 20코페이카입니다. 순은이라고요.' 아주 커다란 십자가였는데 한눈에도 은이 아니라 주석으로 만든 것임을 알 수 있었어. 나는 20코페이카 은화를 그에게 주고 목걸이를 당장 목에 걸었어. 그는 멍청한 귀족을 잘도 속여 먹었다는 표정으로 가버리더군. 아마 곧장 술집으로 달려갔을 거야. 나는 산책에서 돌아오면서 생각했어. '그리스도를 팔아버린 저 병사를 비난하기에는 아직 이르다. 저 주정뱅이의 마음속에 어떤 게 들어 있는지는 신만 알 수 있다'라고.

나는 여관으로 되돌아오는 길에 젖먹이를 안고 있는 어느 젊은 아낙네를 만났어. 태어난 지 6주 정도밖에 안 돼 보이는 갓난아이였지. 그 아이가 방긋 웃음을 짓더군. 아이가 세상에 태어나서 엄마에게 처음으로 보여주는 미소였던 거야. 그러자 아기 엄마가 경건하게, 아주 경건하게 성호를 긋는 거야! 나는 그녀에게 '왜 성호를 긋는 거지요?'라고 물었어. 그때 나는 질문을 많이 던지고 다녔거든. 그러자 그녀가 대답하더군. '엄마가 갓난아이가 처음 웃는 걸 보고 기뻐하는 건 하느님이 저 높은 곳에서 이 땅의 죄인들이 하느님을 향해 열심히 기도하는 것을 볼 때마다 기뻐하는 것과 마찬가지예요.' 한 아낙네의 입에서 기독교의 본질이 녹아 있는, 그토록 심오하고 섬세하고 진정한 종교 사상이 표현되어 나온 거라네. 자기 자식을 바라보는 아버지처럼 인간을 내려다보며 기뻐하시는 하늘에 계신 아버지를 신으로 생각한 거야. 혹시 알게 뭔가? 그 아낙네가 아까 그 병사의 아내일지…… 종교적 감정의 본질은 그 어떤 논리로도 접근할 수 없고 설명할 수 없어. 그 어떤 과실, 그 어떤 범죄, 그 어떤 무신론으로도 설명할 수 없는 것이고…… 그것은 그 모든 것의 밖에 있는 거야. 자, 잘 있게."

공작이 계단을 내려가자 로고진이 그를 황급히 불렀다.

"미쉬킨, 자네 그 병사에게 산 십자가 가지고 있나?"

"응."

"한번 보여주게."

공작이 다시 계단을 올라가 목에 걸고 있는 십자가를 보여주었다. 그러자 로고진이 말했다.

"그걸 내게 주게. 대신 내 것을 자네에게 줄 테니."

그 말과 함께 그는 황금 십자가를 목에서 풀어 공작에게 내밀었다. 공작도 주석 십자가를 풀어 로고진에게 주며 말했다.

"십자가를 바꾸자고? 좋아, 로고진. 기꺼이 바꾸겠네. 그렇게 하면 자네와 내가 형제가 되는 거니까."

로고진은 아무 말이 없었다. 공작은 이 새로운 의형제의 입에서 여전히 불신에 젖은 쓰라린 미소가 떠나지 않는 것을 보고 놀랍고도 슬펐다.

로고진은 공작의 손을 잡고 한동안 뭔가 망설이는 듯했다. 이윽고 그가 "가세!"라고 말하며 공작을 잡아끌었다.

공작은 그가 이끄는 대로 따라갔다. 로고진은 1층에 멈추더니 자기 방 바로 맞은편 방문의 초인종 줄을 잡아당겼다. 검은 옷을 입은 노파가 문을 열어주더니 로고진에게 허리를 굽혔다. 로고진은 노파에게 몇 마디 묻더니 노파의 대답도 듣지 않고 공작을 데리고 몇 개의 방을 지나 안으로 들어갔다. 어느 작은 방 앞에 이르자 로고진은 노크도 하지 않은 채 문을 열고 안으로 들어갔다.

칸막이가 한쪽에 놓여 있는 깨끗한 방이었다. 칸막이 안쪽에 침실이 있는 것이 분명했다. 방 한구석 벽난로 가까운 곳의 팔걸이의자에 한 부인이 앉아 있었다. 노파였지만 나이가 그렇게 많이 든 것 같지는 않은 동근 얼굴에 호감이 가는 인상이었다. 하지만 완전 백발이었으며 첫눈에도 거의 어린애 같은 정신 상태임을 알 수 있었다. 그녀는 검은 모직 드레스를 입고 있었으며 목과 어깨에 검은 숄을 두르고 있었고 검은 리본이 달린 모자를 쓰고 있었다.

로고진이 그녀의 손에 입을 맞추며 말했다.

"어머니, 제 친한 친구 미쉬킨 공작이에요. 우린 십자가를 서로 바꿨어요. 모스크바에서 형제처럼 지냈고, 저를 위해 많은 일을 해주었어요. 어머니, 자식에게 축복을 내리듯 이 친구를 축복해주세요. 제가 어머니 손을 포개드릴게요."

나이 든 부인은 로고진이 그녀 손을 만지기도 전에 오른손을 들어 올리더니 세 손가락을 포개어 공작을 세 번 축복해주었다. 그런 후 다정하게 공작을 향해 고개를 끄덕였다.

로고진이 공작에게 말했다.

"자, 이제 가세. 어머니 축복을 받게 하려고 자네를 데려온 거네."

그들이 다시 현관 계단에 이르렀을 때 로고진이 다시 입을 열었다.

"어머니는 내가 한 말을 한 마디도 못 알아들으신다네. 내가 뭘 해달라는 건지도 모르셔. 그런데도 자네를 축복해주셨어. 마음에서 우러나온 거지…… 자, 이제 작별하세."

공작은 로고진을 포옹하려 했다. 하지만 로고진은 고개를 돌렸다. 공작을 포옹하고 싶지 않은 것 같았다.

"겁낼 것 없어. 내가 자네 십자가를 가졌지만 시계가 탐이 나 자네를 칼로 찌르지는 않을 테니까." 로고진은 야릇한 미소를 띠며 말했다. 그러더니 갑자기 그의 얼굴 표정이 이상하게 변했다. 무서울 정도로 창백해졌으며 입술이 떨리기 시작했고 눈에 불꽃이 일었다. 그는 팔을 들어 올리더니 공작을 끌어안았다. 그리고 숨이 막히는 듯 말했다.

"그래, 그녀를 가져! 그녀의 운명이 그렇게 되어 있으니! 그녀는 자네 거야. 내가 양보하지…… 로고진을 기억해주게!"

로고진은 공작을 그대로 둔 채 뒤도 돌아보지 않고 황급히 집 안으로 들어가더니 문을 세차게 닫아버렸다.

제4장

공작이 밖으로 나왔을 때는 이미 꽤 늦은 시각이었다. 거의 2시 반이 다 되어가고 있었던 것이다. 공작은 예판친 장군의 집에 들렀으나 장군은 집에 없었다. 공작은 메모를 남겨두고 '저울' 여관으로 향했다. 콜랴를 만나기 위해서였다. 콜랴는 여관에 없었다. 종업원의 말에 따르면 누가 찾아오면 3시경에 올 것이며, 만일 3시 반까지 오지 않으면 기차를 타고 파블롭스크의 예판친 장군 부인의 별장에 가 있을 것이라 말하라고 했다는 것이다.

공작은 4시까지 콜랴를 기다렸지만 그는 오지 않았다. 공작은 밖으로 나가 무작정 발걸음을 옮겼다. 초여름의 페테르부르크가 가끔 그렇듯 날씨는 더없이 좋았다. 그는 이곳저곳을 되는대로 배회했다. 그는 고통스러울 정도로 긴장과 불안에 휩싸여 있었다. 그는 혼자 있고 싶었다. 홀로 그 긴장 속에 그냥 푹 파묻히고 싶었다. 그의 영혼과 마음에 끊임없이 질문들이 솟아났지만 그 질문 자체에 혐오감이 일어 답을 회피했다. 그는 자신이 무슨 말을 하는지도 모르는 채, '그래, 이 모든 게 내 잘못이란 말인가?'라고 중얼거렸다.

6시쯤 공작은 '황제 마을'역에 와 있었다. 공작은 갑자기 고독이 견디기 어려웠다. 그리고 그의 마음은 새로운 격렬한 충동에 사로잡혔다. 어둠 가운데 동요하고 있던 그의 영혼에 갑자기 환한 빛이 비춘 것 같았다. 그는 서둘러 파블롭스크행 열차표를 샀다. 그는 한시라도 빨리 떠나고 싶어 안절부절못하는 것 같았다.

그는 열차에 올랐다. 그런데 그 무언가가 그를 잡아끌었다. 그는 그 무언가가 환상이라고 믿고 싶었지만 그것은 현실이었다. 열차에 오르려던 순간 그는 기차표를 바닥에 던져버린 후 정거장 밖으로 나왔다. 무언가 곤혹스러운 듯 생각에 잠긴 표정이었다.

얼마 후 그가 거리로 나왔을 때 불현듯 한 가지 기억이 떠올랐다. 스스로 알아채지 못한 채 꽤 오래전부터 자신을 사로잡고 있던 일을 갑자기 또렷이 의식하게 된 것이었다. 그는 이미 '저울' 여관에 있을 때부터 몇 시간 동안, 혹은 그 전부터 자기 주변에서 그 무언가를 찾기 시작했다. 그러다가 그는 한동안 그것을 잊었고 그런 상태는 30분 정도 계속되기도 했다. 그런데 이제 다시 자기도 모르게 불안하고 호기심에 찬 눈으로 사방을 둘러보고 있는 자신의 모습을 알아차린 것이다.

그런 그에게 갑자기 한 가지 또 다른 기억이 떠올랐다. 자신이 어떤 상점의 물건을 들여다보고 있던 모습이 떠올랐던 것이다. 불과 5분 전이었다. 하지만 그는 그게 정말 현실인지 아닌지 분간하기 어려웠다. 혹시 헛것을 본 것은 아니었을까? 그 상점과 상품은 실제로 존재하는 것일까? 그는 당장에 그것을 확인하고 싶었다. 그리고 그런 자신의 모습이 바로 옛날에 자신의 병이 발작하기 이전의 모습과 똑같다는 것을 알아차렸다.

하지만 어쨌든 그는 그 상점과 그 물건이 실제로 존재하는지 확인해야만 할 것 같았다. 그는 침울한 표정으로 그 상점을 향했다. 마침내 그는 그 상점을 발견했다. 그렇다! 그 상점은 실제로 존재하고 있었고, 그 물건도 그곳에 있었다. 그것은 60코페이카짜리 사슴뿔 자루가 달린 칼이었다. 그러자 갑자기 또 한 가지가 또렷이 생각났다. 그는 그 칼을 보고 있다가 갑자기 이상한 느낌에 고개를 홱 돌렸고, 그때 로고진의 시선을 발견하고 놀랐던 것이다. 그 모든 것이 환각이 아니라 현실이라는 것이 확실해지자 그는 상점으로부터 멀어지며 생각에 잠겼다. 하지만 그는 혐오감에 젖어 더 이상 그 생각을 하고 싶지 않았다. 그는 일부러 다른 것에 대해 생각하기 시작했다.

그는 간질병 발작이 왔을 때, 특히 깨어 있는 상태에서 오게 되었을 때, 그 직전에 발생하는 현상들에 대해 생각했다. 그런 상황에서는 갑자기 뇌가 불꽃을 일으키는 순간, 말하자면 모든 생명력이 엄청난 긴장 상태에 도달하는 순간이 오게 된다. 섬광처럼 번뜩이는 그 찰나와 같은 순간, 삶에 대한 감각과 존재에 대한 의식은 평소의 10배가 된다. 그리고 영혼과 마음은 놀랄 만큼 밝게 빛나게 된다. 모든 마음속 동요는 가라앉는다. 즉 모든 의혹, 모든 당혹감이 단번에 사라지면서 최상의 조화로운 상태, 잔잔하기 그지없는 기쁨에 이르게 되는 것이다. 하지만 이 황홀한 순간은 아직 이어서 오는 결정적 순간에 대한 예고일 뿐이다. 절정의 순간은 그 뒤에 온다.

이 두 번째 순간은 묘사하기 힘들다. 공작은 훗날 건강을 되찾았을 때 그 상황을 깊이 되짚어보면서 이렇게 생각했다.

'자신의 존재 그리고 삶에 대한 가장 고양된 감각과 의식이 찾아오는 이 찰나적 순간이 병들었을 때만, 정상적인 상태와 단절된 상태에서만 오는 것이라면, 그것은 가장 드높은 상태가 아니라 반대로 가장 낮은 상태가 아닐까?'

하지만 공작은 이어서 극히 역설적인 결론에 도달했다.

'내가 정상적인 상태에서 그 순간을 되돌아보고 분석해볼 때, 아주 드높은 단계의 조화와 아름다움이 실현되는 순간으로 여겨진다면 그리고 그 순간, 이제까지는 도저히 생각조차 할 수 없었던 충만감, 자신감, 평정심을 느낀다면, 가장 고양된 상태에서 삶이 융합과 종합을 이루고 있음을 느낀다면, 그것이 병든 상태나 비정상적인 긴장 상태에서 온들 도대체 무슨 상관이란 말인가?'

그 순간을 한마디로 표현한다면 '내면의 감각이 극도로 팽창한 순간'이라고 할 수 있었다. 만일 발작이 일어나기 1초 전, 즉 아직 또렷한 의식이 있는 상태에서 환자가 분명하게 '그렇다! 이 순간을 위해서라면 내 전 생애를 내줄 수도 있다!'라고 생각할 수 있다면 바로 그 한순간만으로도 나머지 전 생애에 값할 수 있을 것이 아닌가?

그런 생각을 하며 공작은 '여름 공원'의 한 벤치 위에 앉았다. 거의 7시가 다 되어 있었고 공원에는 아무도 없었다. 잠시 후 그는 벤치에서 일어났다. 멀리서 소나기가 다가오고 있는 것 같았다. 순간 그는 도저히 물리칠 수 없는 강한 유혹을 느꼈다. 그는 페테르부르그스카야 거리를 향해 발걸음을 옮겼다.

'그녀는 지금 거기 없을 거야. 틀림없이 파블롭스크에 갔을 거야.'

그는 그녀가 그곳에 없다는 것을 의식하고 있었다. 따라서 그는 그녀를 만나러 가는 것이 아니었다. 그는 자기가 걷고 있다는 것도 거의 의식하지 못한 채 그냥 걷고 있었다. 그는 네바강가에서 마주친 아이에게 되는 대로 말을 걸었다. 그의 간질 증상이 점점 더 심해지고 있는 것 같았다. 뇌우가 점점 다가오고 있었고 벌써 천둥소리가 울리기 시작했다. 대기는 더없이 무겁고 후텁지근했다.

갑자기 모든 것이 선명하게 기억나기 시작했다. 아까 보았던 레베데프의 조카 독토렌코의 얼굴이 이상하게 떠올랐고 이어서 로고진이 떠올랐다. 그 조카 녀석은 왜 그렇게 못된 놈이지? 나는 로고진과 형제처럼 지냈다. 하지만 내가 과연 로고진을 알고 있는가? 레베데프의 큰딸 베라는 인상이 좋아. 갓난아기를 안고 있던 소녀는 순결한 어린아이 같았어. 그런데 이렇게 한 번 보고 사람을 마구 판단해도 되는 걸까?—그 모든 생각이

번개처럼 꼬리에 꼬리를 물고 이어졌다. 하지만 그 생각들에는 아무런 논리적 고리가 없었다.

이어서 느닷없이 로고진에게 들려주었던 살인 사건이 생각났고, 로고진이 살인을 한다면 그렇게는 안 할 거라는 생각이 이어졌다. 하지만 과연 로고진이 살인을 저지를 가능성이 있기나 한 걸까? 라고 그는 생각했고 이어서 갑자기 모든 것이 한꺼번에 떠올랐다. 역에서 느꼈던 두 눈, 자기가 목에 걸고 있는 로고진의 십자가, 로고진의 청으로 그의 어머니가 그에게 내려준 축복, 그와의 포옹, 계단에서 마지막으로 했던 로고진의 말들이 한꺼번에 떠오른 것이다. 그러면서 한편으로는 무엇인가 끊임없이 찾고 있는 것 같은 자신이 역겨웠고 그의 영혼은 갑자기 절망감과 고통에 사로잡혔다.

그는 발길을 자신이 묵고 있는 여관 쪽으로 향했다. 그러다가 다시 자신도 모르게 발길을 돌렸다. 이윽고 그는 페테르부르그스카야 거리에 있었다. 아까와 달리 이번에는 특별한 생각을 갖고 그곳에 이른 것도 아니었다. 그렇다면 어떻게 거기 있게 된 거지? 그렇다. 분명히 병이 재발하고 있었다. 그는 그냥 아무 생각 없이 '그 집'의 초인종 줄을 잡아당겼다. 물론 그녀는 없었다. 여주인이 나와서 파블롭스크로 갔다고 말해주었다.

공작은 다시 자신이 묵고 있는 여관을 향했다. 하지만 길을 걷고 있는 그의 모습은 이미 좀 전의 모습이 아니었다. 그에게 이상한 변화가 갑자기 찾아온 것이다. 그는 다시 창백해졌고, 허약해졌으며 괴로워하고 있었고 동요하고 있었다. 무릎이 후들거렸고 모호한 웃음이 창백한 입술 위에 떠올라 있었다. 그에게 '갑작스레 떠오른 생각'이 갑자기 확실해졌고, 사실임이 밝혀졌다. 아니, 그 생각이 정말 확실하긴 한 건가? 사실이긴 한 건가?

왜 이렇게 마음이 어두워지고 차가워지는 걸까? 또다시 아까의 두 눈을 보았기 때문인가? 그래 방금 전에 그 두 눈을 확실히 보긴 했어. 하지만 '여름 공원'을 떠난 것은 오로지 그 두 눈을 보기 위해서가 아닌가? 그렇다. '갑작스레 떠오른 생각'은 바로 그것이다. 자신이 그 두 눈을 집요할 정도로 보고 싶어 했다는 것! 그 두 눈을 그의 숙소에서도 볼 수 있음을 확인하기 위해 발걸음을 옮긴 것이 아니었는가? 그런데 방금 그 눈을 다시 한번 보고 왜 그렇게 짓눌린 기분이 들고 놀란 마음을 어쩌지 못하는 것일까? 그토록 보려고 했으면서…….

그렇다. 그 눈은 오늘 아침 그가 기차에서 내릴 때 불꽃을 날려 보냈던 그 눈과 같은 눈이었다. 그리고 로고진의 집에서 의자에 앉을 때 그를 뒤에서 바라보던 바로 그 눈과 같은 눈이었다. 방금 전에도 '황제 마을' 역에서 기차에 올라타면서 또 그 눈을 보았다.

공작은 이미 여관 앞에 서 있었다. 대문 근처는 유난히 컴컴했다. 밀려온 소나기구름이 황혼빛을 가려버렸다. 그는 여관 안으로 들어섰다. 안쪽 층계에 누군가 서 있다가 눈 깜짝할 사이에 사라졌다. 공작은 그의 모습을 자세히 보지 못했지만 누구인지 알 수 있었다. 분명히 로고진이었다. 공작은 "이제 모든 것이 다 밝혀질 거야"라고 중얼거리며 그를 쫓아 계단을 올라갔다. 심장이 멎을 것만 같았다.

단숨에 2층까지 올라간 공작은 난간 옆 움푹 들어간 공간에 숨어 있던 사람의 두 눈과 마주쳤다. 숨어 있던 사람이 앞으로 나섰고 둘은 마주 섰다. 어두워서 누군지 알 수 없었다. 공작은 좀 더 그의 얼굴을 확실하게 확인하기 위해 그의 어깨를 붙잡고 환한 층계 쪽으로 그의 몸을 돌렸다.

순간 로고진의 눈이 번쩍 빛났다. 무시무시한 웃음으로 일그러진 그의 얼굴은 광기로 번득이고 있었다. 그가 천천히 오른손을 치켜들었다. 무언가 번쩍이는 것을 손에 쥐고 있었다. 공작은 그 손을 멈추겠다는 생각을 하지 않았다. 다만 "로고진, 믿을 수가 없어!"라고 말했다는 것만 나중에 기억날 뿐이었다.

순간 그 무언가가 그의 앞에 열리는 것을 본 것 같았다. 이상한 내면의 빛이 그의 영혼을 비춘 것이다. 아마 0.5초 정도밖에 안 되었을 것이다. 하지만 공작은 자신의 가슴으로부터 저절로 비명이 터져 나왔으며, 그 비명을 도저히 억제하기 어려웠음을 분명하게 기억하고 있다. 그런 후 그는 의식을 잃었다.

이미 오래전에 그를 떠났던 간질 발작이 다시 찾아온 것이다. 다들 알다시피 간질 발작은 비명과 함께 온다. 듣는 이에게는 눈앞의 사람이 내지르는 비명이 아니라 그 사람 안의 또 다른 누군가가 내지르는 것처럼 여겨지는 그런 비명이다. 동시에 그의 얼굴과 시선은 사정없이 일그러지고, 보는 이는 공포에 질리게 된다. 로고진도 예외 없이 공포에 질려 마비되었고, 공작은 로고진이 뽑아 든 칼 세례를 피할 수 있었다.

공작의 몸은 계단 아래로 굴러떨어졌다. 채 5분도 안 되어 사람들이 몰려들기 시작했고 그중에는 콜랴도 있었다. 파블롭스크로 떠났던 콜랴는 갑자기 심경이 바뀌어 페테르부르크로 돌아와 여관으로 갔고 그곳에서 공작이 남긴 메모를 보았다. 그는 미리 와서 간이식당에서 차를 마시고 있다가 누군가 발작으로 쓰러졌다는 소식을 듣고 달려온 것이다.

콜랴는 사람들의 도움으로 공작을 방으로 옮겼다. 공작이 제정신이 들기까지 한 시간 정도 걸렸다. 콜랴는 공작을 여관에서 데리고 나와 레베데프의 집으로 옮겼다. 레베데프는 굽실거리며 환자를 정성껏 맞았다. 그는 공작을 위하여 별장으로의 출발을 앞당겼다. 그리고 다음 날엔 모두들 파블롭스크에 와 있었다.

제5장

레베데프의 별장은 자그마했지만 편안하고 예뻤으며 특히 공작이 머물고 있는 곳은 더 아늑했다. 물론 세 들어올 손님들을 끌기 위한 것이었지만 여기저기 세심하게 신경을 많이 썼고 정원도 공들여 가꾸어놓았다.

심신이 허약해진 공작은 이 별장이 마음에 들었다. 사실 이곳으로 떠나던 날, 즉 발작이 있던 다음 날, 비록 속으로는 여전히 힘들었지만, 겉보기로는 공작은 거의 건강을 회복한 모습이었다. 지난 사흘간 공작은 자기 주변 사람들을 보는 것이 즐거웠다. 그의 곁을 늘 지켜준 콜랴는 말할 것도 없고 레베데프 가족들도 마음에 들었으며(물론 그의 조카 독토렌코는 빼놓고. 그는 어디론가 사라지고 없었다) 심지어 레베데프를 보아도 기분이 좋았다. 그가 페테르부르크를 떠나기 전 이볼긴 장군도 문병을 왔고 그는 장군을 반갑게 맞았다.

공작 일행이 파블롭스크에 도착했을 때는 이미 늦은 시각이었다. 그런데도 많은 사람이 공작을 보려고 찾아왔다. 제일 먼저 온 것은 가냐였다. 그가 너무나 야윈 데다 모습이 변해 있었기에 공작은 처음에는 그를 알아보지 못했다. 이어서 그의 누이동생 바랴와 그의 남편 프티친이 나타났다. 이들 역시 이곳에 별장을 갖고 있었다. 레베데프의 별장에 수시로 드나드는 이볼긴 장군도 왔다. 그리고 마지막으로 예판친 장군의 가족들도 나타났다.

예판친 가족들은 콜랴를 통해 공작이 발병했다는 소식과 그가 파블롭스크에 와 있다는 소식을 들었다. 공작이 아프다는 콜랴의 말에 가장 가슴 아파한 것은 장군 부인 리자베타였다. 당장 사람을 페테르부르크로 보내 러시아 최고 명의를 불러와야 한다고 고집을 부리는 그녀를 딸들이 겨우 말렸다. 소식을 듣고 부인은 허둥지둥 공작을 만나러 가려 했고 딸들은 어머니를 혼자 가도록 내버려둘 수가 없었다.

"애들아, 그 사람이 죽어간다는구나." 리자베타가 흥분해서 말했다. "그런데 가까이 있으면서 우리가 체면만 차리고 있으면 되겠니? 그 사람, 우리 가족들 친구 아니니?"

"개울 깊이도 재보지 않고 물에 뛰어들기부터 하면 어떻게 해요?" 아글라야의 말이었다.

"그래, 넌 가지 마라. 너는 남아 있는 게 낫겠다. 예브게니가 올 텐데 너라도 맞아줘야 할 것 아니니?"

그 말이 나오기 무섭게 아글라야는 가족들을 따라나섰다. 실은 그녀에게 집에 혼자 있겠다는 생각은 추호도 없었다. 아델라이다를 만나러 와 있던 S 공작도 아델라이다의 청에 기꺼이 함께 가겠다고 나섰다. 그는 장군의 집에 드나들면서 미쉬킨 공작에 관한 이야기를 듣고 이미 강한 호기심을 느끼고 있었다. 게다가 그는 공작과 아는 사이였다. 약 3개월 전에 어디선가 만나 통성명을 나누고 2주 정도 둘이 함께 지낸 적이 있었던 것이다. S 공작은 당시 공작과 지내면서 있었던 일들에 대해 여자들에게 이야기해주었는데 그에 대한 호평이 대부분이었다. 그때 예판친 장군은 별장에 없었으며 예브게니 역시 아직 도착하지 않았었다.

예판친 장군의 별장과 레베데프의 별장은 300보도 되지 않을 정도로 가까운 거리에 있었다. 부인은 공작의 거처에 들어서면서 공작 주변에 많은 사람이 있다는 것이 우선 불쾌했다.

게다가 그들 중에는 그녀가 싫어하는 사람들이 두셋 있었다. 다음으로, 병상에서 죽어가는 사람이 기다리고 있으리라 생각했던 그녀는 젊은 공작이 미소를 띤 채 우아하게 일행을 맞자 깜짝 놀랄 수밖에 없었다. 공작은 누가 보더라도 건강한 모습이었다. 그녀가 아연한 모습을 보이자 콜랴가 너무 즐거워했다. 실은 그녀가 놀라는 모습을 즐기려고 콜랴는 공작이 건강하다는 사실을 일부러 알려주지 않은 것이다. 부인과 콜랴는 가까운 사이였지만 때로는 그렇게 서로를 골리며 즐거워했다.

레베데프와 프티진과 이볼긴 장군은 아가씨들에게 의자를 권했고 바랴는 언제나처럼 아가씨들과 낮은 목소리로 인사를 나누었다.

"공작, 솔직히 말하면 나는 당신이 병상에 누워 있는 줄 알았어요. 난 원래 거짓말을 못 하잖아요. 당신의 멀쩡한 얼굴을 보니 화가 나기까지 해요. 다, 저 콜랴 놈 장난인데…… 내 단언하지만 저놈과는 언제고 절교할 거예요. 하지만 내가 화난 건 아주 잠깐일 뿐이에요. 당신이 이렇게 멀쩡한 걸 보니 너무 기뻐요. 아마 내 아들이었더라도 이렇게까지 기뻐하진 않았을 거예요. 그런데 여기 오래 있을 건가요?"

"여름 내내 있을 예정입니다."

이어서 한담이 얼마간 이어졌다. 눈치 빠르고 예의 바른 프티진이 자리에서 일어나며 장군과 레베데프를 데리고 나가려 했다. 레베데프는 장군을 데리고 밖으로 나가는 프티진에게 잠시 후 그러겠다고 눈짓으로 말했다. 이어서 가냐가 프티진의 뒤를 이어 밖으로 나갔다. 테라스에 있는 몇 분 동안 가냐는 예판친가 여자들의 눈길을 받으면서 겸손하면서도 위엄 있게 처신했다. 그리고 그를 연거푸 머리부터 발끝까지 훑어보던 리자베타의 시선에도 조금도 당황하지 않았다. 그를 알고 있던 사람들은 그가 정말로 많이 변했다고 생각하고 있었다. 그렇게 변한 그의 모습이 아글라야는 무척 마음에 드는 것 같았다.

가냐가 나가자 그 뒷모습에 눈길을 주며 아글라야가 불쑥 물었다.

"방금 나간 사람이 가브릴라 아르달리오노비치 맞아요?"

다른 사람들의 대화 가운데 누구에게랄 것도 없이 불쑥 질문을 던지는 것은 그녀가 즐기는 버릇이기도 했다.

"그렇습니다." 공작이 대답했다.

"겨우 알아봤어요. 정말 많이 변했네요. 아주 좋아졌어요."

"나도 아주 기뻐요." 공작이 대답했다.

"오빠가 정말 많이 아팠어요." 바랴가 동정심이 실린 어조로 말했다.

그러자 장군 부인이 한마디 했다.

“아니, 뭐가 좋아졌다는 거니? 어떻게 그런 생각을 하지? 좋아진 게 하나도 없는데…….”

“세상에 「가난한 기사」보다 훌륭한 건 없잖아요.” 장군 부인의 의자 곁에 서 있던 콜랴가 갑자기 큰 소리로 이상한 소리를 했다.

“나도 그렇게 생각합니다.” S 공작이 웃으며 말했다.

“나도 동의해요.” 이번에는 아델라이다까지 엄숙하게 선언하듯 말했다.

“아니, 「가난한 기사」라니? 그게 무슨 말이니?” 장군 부인이 어리둥절한 표정으로 물었고 아글라야는 발끈 화를 냈다.

“어머니, 어머니가 좋아하는 저 꼬마 녀석이 남들 말을 엉뚱한 데 갖다 붙이는 게 어디 한두 번인가요?”

그녀의 말속에는 콜랴를 향한 경멸의 기미가 들어 있었다. 하지만 그녀가 화를 낼 때면 늘 그렇듯이 그 속에는 뭔가 속내를 감추려는 어린애 같은 모습이 역력히 나타나 있었고, 그 모습을 보고 사람들은 웃지 않을 수 없었다. 모두들, 심지어 얼굴이 빨갛게 달아오른 미쉬킨 공작까지 자기를 바라보며 웃자 그녀는 더욱 화를 냈다. 하지만 그럴수록 그녀는 더욱 아름다웠다.

"어머니, 저 애가 어머니 말씀도 자주 왜곡했잖아요." 그녀가 계속 항변하듯 말했다. 그러자 콜랴가 아주 당당하게 말했다.

"나는 당신이 한 말을 인용한 건데요. 한 달 전쯤에 당신이 『돈키호테』를 뒤적이며 말했잖아요. '「가난한 기사」보다 훌륭한 건 없어!'라고요. 누구 이야기를 한 건지는 모르겠어요. 돈키호테 이야기를 한 건지 아니면 예브게니를 두고 한 말인지, 아니면 다른 누구를 두고 한 말인지…… 그런 후 그에 대해 이야기들을 길게 나누었잖아요."

"콜랴, 너, 너무 억지로 갖다 붙이는 거 아니니?" 장군 부인이 약간 화를 내며 말했다.

콜랴가 계속 말했다.

"나만 그랬나요? 다들 그 이야기를 오래 했으면서…… 아델라이다, 당신이 아글라야의 청을 들어주었더라면 우리는 「가난한 기사」가 누굴 말하는지 이미 오래전에 알 수 있었을 거예요."

"내가 뭘 잘못했다는 거니?" 아델라이다가 웃으며 말했다.

"「가난한 기사」 초상화를 안 그려줬잖아요. 아글라야가 어떤 그림을 원하는지 그 특징까지 다 말해줬는데도……."

"내가 어떻게 초상화를 그릴 수 있었겠니? 뭘 그린다는 거지? 겨우 '그 기사는 사람들 앞에서 아직 강철 투구를 벗지 않았다'라는 힌트만 주었을 뿐인데…… 도대체 어떤 얼굴을 그린단 말이야? 투구를 그리라고? 그냥 아무나 그리라고?"

그제야 장군 부인은 「가난한 기사」가 누굴 말하는지 이해할 수 있었다. 틀림없이 딸들이 그 누군가를 두고 오랫동안 써먹은 칭호였을 것이다. 그녀는 콜랴와 딸들이 나누는 이야기에서 자기만 소외된 것 같아 화가 났다. 게다가 미쉬킨 공작이 마치 열 살 먹은 어린애처럼 당황해하는 것을 보자 그만 폭발하고 말았다.

"아니, 언제까지 그런 바보 같은 소리를 하고 있을 거니? 도대체 그 「가난한 기사」가 누군지 말해줄 거야, 안 해줄 거야? 무슨 엄청난 비밀이라도 되는 거니?"

하지만 모두들 계속 웃기만 했다.

그러자 화제를 바꾸려는 듯 S 공작이 나섰다.

"사실 별거 아닙니다. 한 달 전쯤인가 아델라이다의 그림 소재에 대해 이야기를 나누고 있었는데, 아마 아글라야 양으로 압니다만, 「가난한 기사」 이야기를 꺼낸 겁니다. 그 제목의 러시아 시 한 편이었지요. 그리고 그에 적합한 실제 인물이 누가 있을까 찾다가 포기한 게 전부입니다. 실제 인물이 있어야 그림을 그릴 수 있을 테니까요. 그런데 콜랴가 왜 그 이야기를 꺼냈는지 모르겠습니다."

"또 뭔가 바보 같은 짓을 하고 싶었나보지. 아님 누굴 골려주고 싶었던가." 리자베타가 엄한 목소리로 말했다.

그때였다. 아글라야가 갑자기 입을 열었다. 이제까지와는 전혀 다른 진지하고 엄숙한 목소리였다.

"바보 같은 짓이 아니에요. 아마 깊은 존경심에서 한 말일 거예요."

조금 전의 당황하던 표정은 사라지고 없었으며 심지어 이 농담이 점점 깊어지는 것을 즐기는 것 같았다. 그녀에게 그런 변화가 찾아온 것은 공작이 당혹해하는 모습이 확연히 드러났을 때였다.

"아니, 배꼽 잡고 깔깔 웃어대더니, 이제는 뭐 존경심? 이게 도대체 무슨 짓거리야? 도대체 무슨 존경심? 어서 말해봐! 도대체 무슨 뜻으로 그런 말을 한 거야?" 장군 부인이 화를 내며 말했다.

아글라야는 차분하게 대답했다.

"그래요, 깊은 존경심이에요. 그 시는 이상을 품고 그것을 위해 목숨을 바칠 각오가 되어 있는 인물을 묘사한 거예요. 요즘에는 보기 드문 사람이지요. 그 「가난한 기사」에게는 사랑하는 여인이 누구이건, 그녀가 무슨 짓을 했건 아무런 상관도 없어요. 그는 그녀의 '순결한 아름다움'을 택한 것이고 또 그것을 믿고 있어요. 그것만으로 그녀 앞에 무릎을 꿇은 거지요. 그는 그녀의 '순결한 아름다움'을 위해 자신의 창을 꺾었어요. 이후 그녀가 무슨 말을 하든, 무슨 행동을 하든, 그녀를 '순결한 아름다움'의 이상으로 생각했을 거예요. 설사 그녀가 도둑질을 하더라도 여전히 그녀를 믿고 숭배했을 거예요. 시인은 중세의 플라토닉한 사랑을 형상화하고 싶었던 거예요. 그 「가난한 기사」는 돈키호테 같은 인물이지만 희극적인 돈키호테가 아니라 진지한 돈키호테예요. 나는 처음에는 그런 인물을 이해할 수 없어 비웃기만 했어요. 하지만 지금은 그 「가난한 기사」를 사랑해요. 그리고 그의 고결한 행동을 존경해요."

아글라야는 말을 마쳤다. 그녀의 얼굴 표정을 보고는 그녀가 진심을 말하고 있는 것인지, 아니면 농담을 하고 있는 것인지 분간하기가 어려웠다.

"고결한 행동? 내가 보기에는 무슨 바보짓처럼 여겨지는구나." 장군 부인이 말했다. "어쨌든 어떤 시인지 한번 읊어봐라.

그래야 내가 알 거 아니야?" 그녀는 그냥 화가 나서 한마디 툭 던졌을 뿐이었다.

그런데 놀랍게도 아글라야는 진지한 표정으로 자리에서 일어났다. 마치 시를 낭송할 준비를 이미 하고 있었으며 누군가 그것을 요청하기만 기다리고 있었던 것 같았다. 그녀는 테라스 한가운데로 나서더니 안락의자에 계속 앉아 있던 공작 맞은편에 섰다. 모두들 그녀가 무슨 새로운 장난이라도 시작하는 게 아닌가 하는 꺼림칙한 기분이었다. 심지어 시를 낭송하라고 했던 장군 부인은 딸에게 제자리로 돌아가라는 손짓까지 했다. 하지만 아글라야는 아랑곳하지 않고 시 낭송을 시작하려 했다. 바로 그 순간 두 남자가 큰 소리로 이야기를 나누며 테라스로 들어섰다. 예판친 장군의 뒤를 젊은이 한 명이 따르고 있었다. 그들이 나타나자 사람들 사이에 가벼운 동요가 일었다.

제6장

장군의 뒤를 따라 들어온 청년은 이십대 중반의 훤칠하고 늘씬한 미남이었다. 그의 검은 눈에는 재기와 영리함이 번득이고 있었다.

아글라야는 그에게 눈길 한 번 주지 않고 줄곧 미쉬킨 공작을 바라보며 시를 낭송하기 시작했다. 공작은 이들을 보고 반쯤 몸을 일으켜 인사를 한 후 다시 의자에 앉아 낭송을 들었다. 그는 한 번도 본 적이 없는 그 젊은이가 예브게니임이 틀림없다고 생각했다. 그런데 시종무관이라는 그가 사복을 입고 있었다. 현직 군인들은 외국에 나갈 때만 평복 차림이 허용되고 있었으니 약간 의아했다.

일단 시 낭송을 시작하자 아글라야의 태도가 돌변했다. 시작할 때의 약간 거만하고 냉소적인 표정은 사라지고 오로지 시적 영감에만 몰입되어 있는 것 같았다. 그녀의 두 눈이 반짝였으며 환희에 젖어 가볍게 몸을 떨기도 했다. 그녀의 꾸밈없는, 그러나 열정적인 태도에 빠져들어 모두들 그녀의 시 낭송에 귀를 기울였다.

언젠가 과묵하고 소박하며
가난한 기사가 살았다네.
그의 얼굴은 창백하고 우울해 보였지만
그의 영혼은 솔직하고 대담했다네.

그는 그의 가슴속에
신비스럽고 영광스러운 비전을 품고 있었다네.
그리고 그 비전은 그의 영혼 속에 깊이 새겨져
영원히 지워지지 않았다네.

그로부터 그 내면의 불길에 휩싸인 그는
그 어떤 여인에게도 눈길을 주지 않았고,
그가 무덤에 이르는 그날까지

그 어느 여인에게도 말을 건네지 않았다네.

그는 목에 목도리 대신
묵주를 걸고 다녔으며
그 누구 앞에서도
얼굴에 쓴 강철 투구를 벗지 않았다네.

그는 순수한 사랑에 충만해서,
그 달콤한 꿈에 젖어,
자신의 피로 방패에
A.M.D.라는 글자를 새겨놓았네.

그는 이교도들과의 싸움터에서 말을 달리며
"하늘의 빛이여, 성스러운 장미여!"라고 용감하게 외쳤고
벼락같은 그의 고함소리에
이교도들은 겁에 질려 벌벌 떨었다네.

멀리 떨어진 성으로 돌아온 그는
그곳에서 홀로 꿈에 젖어 살았다네.

언제나 말없이 우수에 젖어 있던 그는
광인이 된 채 죽었다네.

나중에 그 장면을 회상할 때마다 공작은 깊은 의혹에 사로잡히곤 했다. 저토록 진실하고 아름다운 감정이 어떻게 그렇게 노골적이고 심술궂은 조롱과 뒤섞일 수 있는 것일까? 그녀의 시 낭송은 분명 황홀감에 젖어 있었다. 하지만 거기에는 분명 조소가 깃들어 있었고 분명한 증거가 있었다. 그녀는 낭송을 하면서 A.M.D.를 N.F.B., 즉 나스타시야 필리포브나 바라쉬코바의 약자로 바꾼 것이다. 그리고 분명 그것은 의도된 것이었다. 그녀가 하도 자연스럽게 낭송을 했기에 예판친 장군 부부는 그것을 전혀 알아차리지 못했다. 하지만 예브게니는 분명하게 그 사실을 알아차렸고 노골적으로 장난기 섞인 미소를 띠었다.

낭송이 끝나자 장군 부인이 감탄해서 외쳤다.

"정말 아름다운 시구나! 누구의 시지?"

"어머니는 푸시킨 시도 모르세요?" 아델라이다가 핀잔 투로 말했다.

장군 부인은 부끄러운 표정을 지었고, 모두들 인사를 나눈 후 이런저런 이야기를 나누었다. 사람들은 예판친 장군의 말을 듣고 예브게니가 6개월이나 1년 예정으로 잠시 군복을 벗었다는 사실을 알게 되었다.

그들이 이런저런 이야기를 나누고 있을 때였다. 레베데프의 딸 베라가 한참을 참았다는 듯 아버지에게 말했다.

"아버지, 왜 저 사람들 이야기를 안 하고 가만 계시는 거예요? 그냥 집 안으로 처들어올 기센데요."

"어떤 손님들인데요?" 미쉬킨 공작이 물었다.

"남자들 넷이에요." 베라가 대답했다. 그러자 레베데프가 딸의 말을 끊고 황급히 말했다.

"파블리쉬체프의 아들 녀석이랍니다. 만날 필요 없어요! 그럴 필요 없다고요! 상대할 가치도 없는 놈들입니다요, 공작님!"

"파블리쉬체프의 아들이라고! 맙소사!" 공작이 무척 당황해서 외쳤다. "나도 알아…… 하지만…… 그 일은 가냐에게 다 맡겼는데…… 가냐 말로는……."

그때 가냐가 프티진과 함께 이미 테라스로 들어서고 있었다. 옆방에서는 벌써 큰 소리가 들리고 있었고 그 속에는 이볼긴 장군의 목소리도 섞여 있었다. 절대로 저들을 만나면 안 된다고 계속 우기는 레베데프를 제치고 공작은 이미 테라스 문을 열고 그들을 맞아들이고 있었다.

이슥고 얼굴이 벌겋게 된 채 그들에게 고래고래 고함을 지르고 있는 이볼긴 장군을 비롯해서 모두 다섯 사람이 테라스로 들어왔다. 공작은 그들에게 자리를 권했다.

방문객들은 30대쯤 되어 보이는 한 사내를 제외하고는 모두 젊은이들이었다. 30대의 사내는 로고진 무리에 속해 있던 퇴역 중위로서 사람들에게 권투 교습을 해주며 살아가는 켈레르라는 사내였다. 나머지 세 명 중에는 자신을 파블리쉬체프의 아들이라고 주장하는 안치프 부르도프스키라는 이십대 초반의 젊은이도 있었다. 초라한 옷차림에 지저분하기 그지없는 몰골이었다. 그와 함께 온 젊은이 중에는 우리가 이미 알고 있는 인물이 둘 있었다. 바로 레베데프의 조카 독토렌코와 콜랴의 친구인 이폴리트였다. 이폴리트는 열일곱이나 여덟쯤 된, 병색이 완연한 젊은이였다. 심한 폐병을 앓고 있는 듯 말 한마디 할 때마다 심하게 기침을 했다.

그들은 모두 담판을 벌일 기세였다. 도전적인 그들의 얼굴 표정에는 '안 되지! 절대로 안 돼! 우리를 속이려다간 큰코다칠 걸!' 하는 뜻이 역력히 드러나 있었다. 그 누군가 한마디라도 하면 동시에 입을 열고 한바탕 법석이라도 떨 기세였다.

제7장

제일 먼저 공작이 입을 열었다.

"여러분, 여러분이 오실 줄 몰랐습니다. 오늘까지 아팠거든요." 이어서 그는 부르도프스키를 향해 말했다. "당신에 관한 일은 한 달 전에 모두 가냐에게 맡겼는데요. 당신에게도 이미 알렸지요? 당신과 개인적으로 만나는 걸 피하자는 게 아닙니다. 다만 지금은…… 여기 이렇게 여러 사람이…… 자, 지금 꼭 이야기를 나누고 싶다면 다른 방으로 가시지요……."

그러자 부르도프스키 일행들이 각자 한 마디씩 불평들을 털어놓았다. 두 시간씩 기다리게 하다니 이런 푸대접이 어디 있느냐, 우리는 당신의 하인이 아니다, 라고 제각각 한마디씩 했으며 이폴리트는 귀족들은 다 그렇지 않느냐고 비웃었다. 특히 부르도프스키는 지나칠 정도로 흥분해 있었다. 그는 붉은 핏줄이 돋은 눈을 부릅뜨고 공작을 노려보면서 밑도 끝도 없이 말했다.

"당신에겐 권리가 없어! 권리가 없다고!"

그러자 이제까지 상황을 지켜보고 있던 리자베타가 공작에게 잡지 한 권을 내밀며 말했다.

"공작, 이 잡지를 한번 읽어봐요. 당신과 관련 있는 일이에요."

그녀는 어딘가 흥분해 있었다. 레베데프가 밑줄 친 부분을 가리키며 건네준 그 잡지의 글을 그녀가 읽은 것이다. 잡지를 건네받은 공작은 "나중에 혼자 읽겠습니다"라고 당황한 듯 말했다. 그러자 장군 부인이 공작에게서 잡지를 낚아채더니 콜랴에게 주며 말했다.

"콜랴, 네가 큰 소리로 읽어봐라."

그녀는 다혈질이어서 앞뒤 안 가리고 내키는 대로 행동하는 스타일이었다. 잡지를 받아 든 콜랴가 밑줄 친 부분을 큰 소리로 읽기 시작했다.

프롤레타리아와 벼락부자: 매일매일 벌어지는 강도 사건! 진보! 개혁! 정의!

이 개혁의 시대에, 애국심이 절실한 이 시대에, 수백만 루블이 해외로 유출되는 시대에, 산업을 장려하게 되면서 노동자의 손이 마비될 정도인 이 신성한 땅 러시아에서 이상한 사건이 벌어졌다. 구시대의 유물이 된 어느 지주계급의 후손에 관한 이야기다.

잘 알다시피 그런 지주계급들은 도박장에서 전 재산을 날리고 어쩔 수 없이 군에 입대해 장교로 근무하다가 공금을 서툴게 처리해서 감옥에 갇혔다가 죽기도 한다. 그런데 그 후손들은 우리의 이야기의 주인공처럼 때로는 백치로 태어나기도 하고 심하면 형사 사건에 휘말려드는 경우가 많다. 또 어떤 후손들은 어이없는 짓을 저질러 오염될 대로 오염된 우리 사회를 더욱 부끄럽게 만들기도 한다.

우리의 주인공은 홑겹 망토를 걸치고 추위에 떨며, 백치증세 치료를 받았던 스위스에서 러시아로 돌아왔다. 그런데 행운의 여신은 그의 편이었나보다. 스위스에서 병이 나았다는 것은 차치하더라도(세상에! 백치를 치료할 수 있는가?) '행복은 어느 특정 계급의 전유물이다'라는 러시아 속담을 증명해주었기 때문이다. 독자 스스로 판단해보기 바란다.

우리의 귀족은 갓난아기일 때 아버지를 여의었다. 아버지는 중위로 복무하던 중 도박으로 공금을 날렸거나 부하를 심하게 구타한 죄로 군법에 회부되어 처형된다. 갓난아기는 어떤 부유한 지주가 자비를 베풀어 거둬들인다. 그 지주를 일단 P 씨라 지칭하기로 하자. 그는 한창때는 4천 명의 농노를 소유하고 해외에 별장을 갖는 등 호화판 생활을 했다.

그는 고아를 왕자처럼 키웠다. 그러나 불행히도 그 고아는 백치였다. 그 고아에게 가정교사를 붙이고 별별 애를 다 썼어도 외국어는커녕 러시아어도 제대로 익히지 못했다. 외국어라면 별문제가 없지만 러시아어를 못 한다는 것은 아무래도 문제였다. 그때 P 씨의 머릿속에 환상이 떠올랐다. 스위스에 그 백치를 보내면 병이 나을 수 있으리라는 환상을 갖게 된 것이다. 그 기생충 같은 인간은 돈이라면 인간에게 지성도 갖추게 할 수 있다는 상상을 자연스럽게 하게 된 것이다.

그는 스위스에 있는 유명 교수에게 백치를 보내 수만 루블의 돈을 낭비했다. 하지만 백치는 조금도 똑똑해지지 않았다. 병이 좀 나아졌다는 이야기도 들리지만 겨우 사람 비슷한 꼴을 갖췄다는 정도이다.

그런데 P 씨가 갑자기 죽었다. 너무 갑자기 죽었기 때문에 아무런 유언도 남기지 않았다. 당연히 스위스에 있던 백치는 그냥 버려진 존재가 되었다.

우리 이야기의 주인공은 백치이면서도 교활한 면이 있었다. 그는 자기의 후견인이 죽은 후에도 2년간이나 교묘하게 그 사실을 숨기고 치료를 받았다. 그런데 백치의 치료를 맡고 있던 교수는 이해타산이 빠른 사람이었다. 그는 사실을 알게 되자 더 이상 이 무일푼 청년을 떠맡을 수 없다고 생각하고 허름한 옷을 입혀 러시아로 보내버렸다. 행운의 여신이 이 백치에게서 등을 돌린 것처럼 보였다. 그런데 그게 아니었다. 그가 러시아로 돌아온 바로 그때쯤 자식이 없던 어떤 부유한 상인이 죽었다. 그는 현금으로 수백만 루블의 유산을 남겼다. 그런데 그 막대한 유산이 그 상인의 유일한 핏줄이었던 그 백치에게 돌아간 것이다!

그러자 사람들의 태도가 달라졌다. 남의 첩인 미모의 여인을 뒤쫓던 이 귀족 끄트머리 주변으로 사람들이 벌 떼처럼 몰려든 것이다. 더욱 가관인 것은 그와 결혼하려는 명문 집안 처녀들이 여기저기 나타난 것이다. 귀족에 백만장자, 게다가 백치라니, 그보다 훌륭한 조건을 갖춘 남자가 어디 있겠는가!

콜랴가 거기까지 읽었을 때 예판친 장군이 소리쳤다.

"그게…… 그게…… 도대체…… 무슨 소리인지 하나도 모르겠네!"

"그만하게, 콜랴." 공작이 애원하듯 말했다.

"아냐, 끝까지 읽어! 무슨 일이 있어도 읽어야 해! 공작, 다 읽게 해요. 그렇지 않으면 당신과 싸움이라도 벌일 거야!" 리자베타가 극도의 흥분을 억누르려 애쓰며 말했다. 어쩔 도리가 없었다. 얼굴이 시뻘겋게 된 콜랴가 계속 읽어 내려갔다.

그런데 이 벼락부자가 이른바 꿈같은 천국을 헤매고 있을 때 예기치 않은 일이 벌어졌다. 어느 날 그에게 손님 한 명이 찾아온 것이다. 점잖은 차림의 그 사내는 변호사였다. 그는 어느 청년의 의뢰를 받아 우리의 귀족에게 나타난 것이다. 그는 방문 목적을 간단하게 설명했다.

그에게 사건을 의뢰한 청년은 비록 죽은 P 씨와는 성이 달랐지만 실은 그의 친자식이었다. 바람기가 있었던 P 씨는 젊은 시절 한 정숙한 하녀를 농락해 임신을 시켰다. 과거 농노제 시대에는 그것이 귀족의 권리이기도 했다.

P 씨는 앞으로 닥쳐올 일이 귀찮아서 이 아가씨를 어느 가난한 상인에게 시집보냈다. 그 상인은 그녀를 오래전부터 사랑해오던 정직한 사내였다. 그는 P 씨의 도움을 거절하고 혼자 힘으로 살았다.

P 씨는 자연스럽게 자기와 그녀 사이에서 나온 자식을 잊고 살았다. 그러다가 P 씨는 자식에 대해 일언반구도 남기지 않고 세상을 뜬 것이다. 의붓아버지를 여읜 그의 자식은 병든 어머니와 함께 정직하지만 어려운 생활을 하고 있었다. 그는 어느 상인 집에서 가정교사 노릇을 하며 살아가고 있었지만 병든 어머니와 함께였기에 입에 풀칠하기도 힘들었다.

자, 우리는 여기서 독자 여러분에게 묻고 싶다. 우리의 후손은 그 소식을 들었을 때 과연 어떻게 처신해야 하는가? 아마 이렇게 하는 것이 당연한 태도라고 생각할 것이다.

'나는 P 씨에게 평생 은혜를 입었다. 그런데 그의 경솔한 태도 때문에 태어난 그의 아들은 잊히고 버려진 채 이루 말할 수 없이 어려운 생활을 하고 있다. 내가 돕는 것이 당연하다. 내가 물려받은 돈의 절반을 그 아들에게 주는 게 당연하겠지만, 그렇게까지는 못하더라도 최소한 P 씨가 나를 치료하느라 쓴 수만 루블이라도 그의 아들에게 주겠다. 만일 그렇게 하지 않는다면 나는 파렴치하고 비열한 인간이 될 것이다. 만일 P 씨가 나를 돌보지 않고 자기 자식만 돌보았다면 나는 어떻게 되었겠는가?'

그런데 독자 여러분! 우리의 주인공은 그렇게 하지 않았으니! 그는 변호사의 사리가 분명한 말을 아예 못 들은 척했을 뿐 아니라 그 고상하면서도 불쌍한 아들을 마치 거지 취급했다. 그는 지갑에서 50루블짜리 지폐 한 장을 꺼내더니 마치 적선이라도 하듯 그 고결한 성품의 젊은이에게 보내라고 했다. 물론 그가 보낸 50루블은 즉각 그에게 되돌아왔다. 보다 정확히 말한다면 바로 그의 면상에서 내동댕이쳐진 것이다.

이것은 절대로 법률적인 문제가 아니다. 여론에 물어봐야 할 문제이다. 우리는 상황을 정확하게 독자 여러분들에게 설명했음을 확언한다. 그리고 이에 관한 독자 여러분들의 의견을 묻고 싶다.

콜랴는 읽기를 마치자 잡지를 재빨리 공작에게 건네준 후 구석으로 달려가 몸을 숨기고 두 손으로 얼굴을 가렸다. 아직 세상사에 오염되지 않은 소년의 얼굴은 수치와 분노로 가득 차 있었다. 그는 그 기사를 읽은 것만으로도 마치 자신이 그런 짓을 저지른 당사자인 것처럼 느꼈다. 그곳에 있던 사람들 대부분도 흥분했지만 특히 리자베타는 분노에 가득 찬 표정을 하고 있었다. 심지어 레베데프까지도 당혹한 표정을 짓고 있을 정도였다. 다만 복서 켈레르만이 뭔가 여유 만만한 표정이었다. 그 기사가 이 퇴역 중위의 마음에 쏙 든 것 같았다.

"무슨 말도 안 되는 소리를! 종놈 50명쯤이 작당해서 지어낸 소리 같군!" 예판친 장군이 침묵을 깨고 말했다. 그러자 이폴리트가 얼굴이 벌게져서 말했다.

"아니, 장군님, 종놈이라니요? 어떻게 그런 모욕적인 언사를 쓰실 수 있나요?"

예판친 장군은 화가 나서 씩씩거리며 테라스 출구 쪽 제일 위쪽 계단으로 올라가더니 언제라도 나갈 기세로 사람들을 등지고 섰다.

"여러분, 제게 말할 기회를 주십시오." 당황한 표정의 공작이 흥분한 듯 말했다. "제발, 저 잡지 따위는 치워버리고 서로 납득할 수 있는 이야기를 나누지요. 저기 쓰인 내용은 하나부터 열까지 전부 거짓이라는 건 말씀드릴 수 있어요. 그런 짓은, 정말로…… 부끄러운 짓이니까요…… 그리고 저는 여기 있는 분 중 한 명이 저 기사를 쓴 게 아닌가 생각해요."

"나는 지금까지도 이 기사에 대해서는 조금도 몰랐어요." 이폴리트의 말이었다.

"나는 그 사람이 그 글을 썼다는 건 알았어요. 하지만 게재하라고는 하지 않았어요. 너무 성급한 것 같아서……." 레베데프의 조카가 변명하는 얼굴로 말했다.

"나는 알고 있었소…… 하지만 내게는 권리가 있고……." '파블리쉬체프의 아들'이 더듬더듬 입을 열었다.

그러자 사람들이, 특히 레베데프가 이런 사람들을 받아들인 게 문제라고, 지금이라도 없었던 일로 하고 이들을 내쫓자고 큰소리를 쳤다. 그러자 레베데프의 조카 독토렌코가 나서서, 우리들은 구걸하러 온 것이 아니라 정당하게 요구하러 온 것이다, 상식이나 윤리가 실현되는 것을 보려고 온 것이다, 라고 일장 연설을 늘어놓았다. 얼굴이 새빨개진 부르도프스키도 "그래요!

우리는 구걸하러 온 게 아닙니다!"라고 큰 소리로 외쳤다.

그러자 공작이 말했다.

"여기 실린 내용이 사실이라면 당신들 이야기가 옳습니다. 하지만 당신들 이야기는 전제부터 틀렸습니다. 자, 찬찬히 살펴보지요. 여러분께 먼저 묻겠습니다. 도대체 왜 이 글을 쓴 겁니까? 이 글에는 중상모략이 아닌 단어가 단 한 마디도 없습니다. 게다가 아주 야비합니다."

"잠깐만……."

"아니, 공작……."

"그건…… 그건…… 그건."

몰려온 젊은이들이 저마다 한마디씩 내뱉었다.

그러자 이폴리트가 복서를 가리키며 말했다.

"그 기사는 바로 이 사람이 쓴 거예요. 이 사람이 정직하지 못하다는 건 나도 알고 있습니다. 하지만 글을 써서 공개하는 것은 그의 권리입니다. 모든 책임은 결국 자신이 져야 하니까요. 어쨌든 우리는 부르도프스키의 권리에 대해서는 절대적으로 동의합니다. 당신들도 마찬가지겠지요? 우리는 여러분들을 증인 삼아 그 권리를 확인하러 온 겁니다. 여러분들이 증인인 게 더 좋지요. 진위 여부가 더욱 확실해질 테니까요."

그러자 복서가 나섰다.

"그렇소. 그 기사는 내가 써서 투고한 거요. 부르도프스키에게 읽어주자마자 그도 즉각 동의했소. 공작! 당신은 내게 글을 써서 투고할 권리가 있다는 걸 부정하지는 않겠지요?"

"그거야 인정하지요. 하지만 당신의 글은……."

"너무 신랄하단 말인가요? 조금 과장된 부분도 있다는 건 인정하지요. 하지만 이익을 사회로 환원해서 어려운 사람을 돕는 일은 좋은 일 아닌가요? 그런 목적을 달성하기 위해 조금 과장해도 상관없지 않은가요? 무엇보다 중요한 건 동기와 목적이니까요. 그렇지 않습니까, 하, 하, 하."

"아닙니다. 당신은 애당초 길을 잘못 들어섰어요. 당신은 무슨 일이 있더라도 내가 부르도프스키 씨의 요구를 들어주지 않을 거라는 가정하에 그 글을 썼지요. 내가 거절하리라는 가정하에 복수심에 가득 찬 협박의 글을 쓴 겁니다. 그런데 당신이 내 의도를 어떻게 알 수 있다는 거지요? 내가 부르도프스키 씨의 요구를 들어줄 수도 있는 것 아닌가요? 자, 여기 여러분들이 모인 가운데 분명히 말씀드립니다. 나는 부르도프스키 씨의 요구를 들어주겠습니다."

"뭐야! 도대체가……." 리자베타가 소리를 질렀다. 이어서 예판친 장군도 "도저히 참을 수 없어!"라고 중얼거렸다.

공작이 그들에게 애원하듯 손짓으로 진정시키며 말했다.

"제가 자초지종을 말씀드리지요. 부르도프스키 씨, 5주일 전쯤에 당신이 사건을 의뢰한 체바로프라는 변호사가 찾아왔어요. 하지만 저는 그 사람이 마음에 들지 않았습니다. 나는 그가 이 모든 일을 꾸민 장본인이라는 것을 척 보고 알았습니다. 더 솔직하게 말씀드리지요. 부르도프스키 씨, 아마 그 사람이 순진한 당신을 충동질해 이 일에 끌어들였을 겁니다."

"당신이 무슨 권리로 그런 말을…… 내가 순진하다니…… 나는 그런 사람이……."

그러자 독토렌코와 이폴리트가 그건 모욕적인 말이라고 동시에 공작에게 항의했다. 공작은 황급히 사과한 후 다시 말을 이었다.

"미안합니다. 저는 모두 솔직하게 이야기를 나누는 게 좋을 것 같아서…… 나는 그 변호사에게 말했습니다. 내가 지금 페테르부르크에 있지 않으니, 그곳에 있는 사람에게 의뢰하여 일을 자세히 알아본 후 당신, 부르도프스키 씨에게 결과를 알려주겠다고. 여러분, 솔직히 말씀드리겠습니다. 나는 이 사건에 사기성이 농후하다고 즉각 생각했습니다. 바로 체바로프가 중간에 끼어 있었기 때문입니다."

그러자 다시 젊은 친구들이 화를 냈다. 그들을 제지하고 공작이 계속했다.

"그렇게 화를 내지 마세요. 당신들은 내가 진실을 말할 때마다 화를 내는군요. 하지만 어쨌든 저는 '파블리쉬체프 씨의 아들'이 있다는 사실에 놀랐습니다. 그것도 아주 비참한 상태로…… 파블리쉬체프 씨는 나의 은인이자 아버지의 친구셨습니다. 그런데 켈레르 씨, 당신은 왜 나의 아버지에 대해 그런 황당한 말을 쓴 거지요? 내 아버지는 돈을 횡령한 적도 없고 부하들을 학대한 적도 없어요. 그런데 그런 중상모략을 하다니…… 게다가 파블리쉬체프 씨에 대한 당신 글도 전부 엉터리예요. 그렇게 고결하신 분을 음탕한 사람이라고 쓰다니…… 그분은 보기 드물게 순결하고, 뛰어난 학자였어요. 내가 백치였기에 당시에는 정확히 몰랐지만 지금은 분명히 말할 수 있어요.

나는 그런 분께 그런 아들이 있을 수 있다는 걸 믿을 수 없었지요. 하지만 나는 곧 마음을 고쳐먹었습니다. 만에 하나 그분께 아들이 있을지도 모른다, 내 감정으로 일을 처리하면 안 된다, 이렇게 생각했습니다. 하지만 체바로프는 음모꾼이며 순진한 부르도프스키 씨가 그의 사주에 넘어가서 나를 협박하는 것이라는 믿음은 변하지 않았습니다. 그 결과 나는 이렇게 하기로 결정했습니다.

나는 부르도프스키 씨를 '파블리쉬체프 씨의 아들'로서 도와줘야 할 의무가 있다, 그렇게 함으로써 부르도프스키 씨를 체바로프의 손아귀에서 벗어나게 하고 그를 신뢰와 애정의 길로 이끈다, 그리고 그에게 1만 루블의 돈, 즉 파블리쉬체프 씨가 내게 쓴 액수의 돈을 그에게 준다. 이것이 내가 내린 결정이었습니다."

"뭐야! 겨우 1만 루블!" 이폴리트가 소리쳤다.

"아니, 공작! 셈이 정말 서투르시군! 아니면 정말 빠르거나…… 겉으로는 어수룩해 보이면서!" 독토렌코의 말이었다.

"절대로 받아들일 수 없어!" 부르도프스키가 부르짖었다.

그러자 공작이 말했다.

"모두들 켈레르 씨가 쓴 기사를 사실인 것처럼 받아들이고 말하는군요. 우선 내 재산이 아주 부정확해요. 나는 수백만 루블의 돈을 만져본 적도 없어요. 그 8분의 1, 아니면 10분의 1도 안 될지 몰라요. 둘째, 스위스에서 내가 쓴 돈이 수만 루블이라고요? 슈나이더 교수는 1년에 6백 루블을 받았어요. 모든 것을 다 합쳐도 파블리쉬체프 씨가 내 양육과 교육을 위해 쓴 돈은 1만 루블에 훨씬 못 미칩니다. 나는 적선을 하는 게 아니라 빚을 갚는다는 심정이므로 그 이상은 도저히 지불할 수가 없어요. 게다가 내가 적선하듯 50루블을 주었다고요? 아니, 어떻게 있지도 않은 일을!"

다시 모두들 흥분해서 소리를 지르기 시작하자 공작도 화를 내며 말했다.

"자, 이제 나도 내 두 눈으로 내가 짐작하고 있던 것이 맞다는 것을 분명 확신하게 됐어요."

"도대체 뭘 확신한다는 거요?" 누군가가 부르짖었다.

"우선 부르도프스키 씨가 어떤 사람인지 분명히 확신하게 되었어요. 그는 결백한 사람이에요. 다만 여러분들이 그를 기만하고 있어요. 보호해줄 사람도 없는 사람…… 그래서 나는 그를 너그럽게 받아들일 수 있어요. 둘째로 나는 가브릴라 아르달리오노비치(가냐)에게 이 일을 조사해달라고 부탁했고 그가 오기를 기다리고 있었어요. 그리고 바로 한 시간 전에야 처음으로 만나서 소식을 듣게 되었어요. 가냐는 체바로프가 사기꾼인 걸 알았고, 그 물증도 확보했다고 말했어요."

사람들이 잠시 웅성웅성했다. 공작이 다시 말을 이었다.

"여러분, 나는 많은 사람들이 나를 백치 취급한다는 사실을 잘 알고 있어요. 그런 소문을 들은 체바로프는 내가 쉽게 돈을 내줄 줄 알고 이 일을 꾸민 거지요. 하지만 중요한 것은…… 자…… 내 말을 끝까지 들어주세요…… 제발 끝까지…… 가장 중요한 것은 부르도프스키 씨가 파블리쉬체프 씨의 아들이 아니라는 사실입니다. 방금 가냐가 내게 알려줬고, 확실한 증거도 잡았다고 했습니다. 도무지 믿을 수가 없지요? 저도 믿을 수가 없어요. 가냐가 살짝 귀띔만 해주었을 뿐 상세히 설명을 안 해주었거든요. 이 사건은 분명 사기입니다. 하지만 부르도프스키 씨에게는 죄가 없습니다. 그도 사기에 넘어간 것뿐입니다. 결론적으로 이 사건은 온통 사기에 불과했지만 나는 파블리쉬체프 씨를 기리는 마음으로 부르도프스키 씨에게 1만 루블을 지급하겠습니다. 자, 이 사건은 이렇게 매듭짓도록 합시다. 더 이상 흥분하거나 화를 내지 마십시오. 이제 가냐가 우리에게 상세한 이야기를 해줄 것입니다."

그가 자리에 앉았고 가냐가 앞으로 나섰다. 공작은 부르도프스키에게 1만 루블을 주겠다고 이렇게 여러 사람이 있는 앞에서 공개적으로 말한 것을 후회하고 있었다. '은밀히 처리할 수도 있었을 것을…… 나는 정말 백치인지도 몰라'라고 그는 속으로 생각했다.

제8장

가냐는 우선 부르도프스키를 향해 말문을 열었다. 어리둥절한 표정의 부르도프스키는 놀란 눈을 동그랗게 뜬 채 가냐의 말에 귀를 기울였다. 몹시 당황하고 있음이 틀림없었다.

"아마 당신은 부인하지 않을 겁니다. 당신은 존경하는 당신 어머니와 8급 서기인 아버지가 합법적으로 결혼한 후, 정확히 2년 만에 태어났다는 것을. 당신의 출생 시기를 증명하는 건 너무나 간단한 일이오. 그러니, 당신의 탄생에 대한 켈레르의 글은 그가 꾸며낸 완벽한 허구이면서 동시에 당신 어머니를 모욕하는 짓이요. 아마 켈레르는 그 글 전부를 당신에게 읽어주지 않았을 거요. 극히 일부분만 읽어주면서 당신을 부추겼겠지요."

이어서 가냐는 우연한 기회에 누이동생 바랴의 인맥을 통해 작고한 파블리쉬체프의 편지를 입수하게 되었다는 것, 그 편지들은 모두 외국에서 쓴 것들이며, 그 편지에 적힌 날짜들을 볼 때, 파블리쉬체프는 부르도프스키가 태어나기 1년 반 전에 외국으로 떠났고, 그 후 2년 동안 러시아로 돌아오지 않고 있었다는 것, 따라서 그가 부르도프스키의 친부일 확률은 전혀 없다고 못을 박았다.

그의 말이 끝나자 부르도프스키가 의자에서 벌떡 일어나며 외쳤다.

"그 말이 사실이라면 나는 속은 거요, 정말 속은 거요. 하지만 체바로프에게 속은 건 아닙니다. 아주 오래전부터 속아온 겁니다. 나는 당신 말을 믿어요. 확인해보고 어쩌고 할 필요 전혀 없어요…… 1만 루블? 거절하겠습니다…… 자, 안녕히 계십시오."

그는 모자를 집어 들더니 의자를 옆으로 밀고 밖으로 나갈 채비를 했다. 그러자 가냐가 그에게 잠시 그대로 있으라고 그를 저지했다.

"부르도프스키 씨, 잠시, 그저 5분 만이라도 남아 계시지요. 당신, 오래전부터 속아왔다고 했지요? 내가 그 진상을 밝혀줄게요. 모든 게 밝혀지면 아마 당신 마음도 편해질 겁니다."

부르도프스키는 생각에 잠긴 듯 고개를 떨어뜨리며 자리에 앉았다.

가냐가 다시 입을 열었다.

"부르도프스키 씨는 자신이 언제 태어났는지는 잘 알고 있었지만 파블리쉬체프 씨가 외국에 체류했다는 사실은 모르고 있었습니다. 저 사람은 파블리쉬체프 씨가 자신의 친아버지인 줄 알고 있었습니다. 어떻게 된 일인지 제가 자초지종을 다 말씀드리지요.

파블리쉬체프 씨가 부르도프스키 씨의 어머니를 보살펴드린 건 사실이었고, 그것이 모든 오해의 근원이었습니다. 실은 파블리쉬체프 씨가, 어린 시절부터 하녀로 지냈던 부르도프스키 씨의 큰이모를 사랑했었습니다. 무슨 일이 있어도 그녀와 결혼하겠다고 굳게 결심하고 있었지요. 그런데 그녀가 갑자기 죽고 말았습니다. 그때 부르도프스키 씨의 어머니는 겨우 열 살이었습니다. 파블리쉬체프 씨는 그녀를 데려다 정성껏 보살폈고 결혼 지참금 1만 5천 루블을 그녀 몫으로 따로 챙겨두기도 했습니다." 이어서 가냐는 직접 부르도프스키를 상대로 말을 이어나갔다.

"당신 어머니는 스무 살 되던 해에 8급 관청 서기와 결혼했어요. 그는 지참금 1만 5천 루블을 받자마자 직장을 그만두고 사업에 뛰어들었어요. 하지만 현실감이 없던 양반이라 사기를 당해 곧 돈을 다 날리고 술독에 빠졌습니다. 그러다가 결혼 8년 만에 세상을 떴지요. 그다음 이야기는 당신 어머니에게서 들은 이야기입니다. 이후 거의 알거지 신세가 된 당신 모자(母子)는 파블리쉬체프 씨가 매년 보내준 600루블이 없었다면 아예 굶어 죽을 뻔했습니다. 게다가 파블리쉬체프가 어린 당신을 무척 귀여워했다는 증거는 아주 많습니다. 당신이 말더듬이인 데다 불구여서 너무 불쌍했기 때문이라고 합니다. 그 양반은 버림받고 학대받은 사람들, 특히 불행한 아이들에게 줄곧 온정을 베풀며 살아온 사람이었으니까요. 당신이 중고등학교 교육을 무사히 마칠 수 있었던 것도 그 덕분입니다. 그러자 당신도 속아 넘어갔다는 그 소문, 즉 당신이 그분의 아들이라는 소문이 하인들 사이에 퍼지게 된 겁니다. 나는 힘들여 당신 어머니를 찾아내서 말씀을 들었습니다. 당신 어머니도 그런 소문을 들어서 알고 있다고 했습니다. 하지만 아들인 당신이 그런 소문에 현혹되어 있다는 사실은 모르고 있었습니다.

결론적으로 말씀드리겠습니다. 아까 미쉬킨 공작은 이 일에서 사기 냄새가 난다고 했는데 실은 그렇지 않습니다. 아무도 사기를 친 사람은 없습니다. 심지어 체바로프도 마찬가지입니다. 그는 물론 협잡꾼입니다. 하지만 그도 당신이 파블리쉬체프 씨의 아들인 줄 알고 한몫 크게 챙기려 한 겁니다. 그는 사기를 치려 한 것이 아니라, 공작이 명예와 양심을 기사도처럼 존중하고 있음을 알아내곤 돈을 뜯어내려 한 겁니다. 당신은 오래전부터 파블리쉬체프 씨를 아버지로 알고 있었기에 체바로프 씨와 주변 사람들의 부추김을 받아 이 일에 나서게 된 거고요. 그것도 자신을 위해서라기보다는 사회 정의를 실현해야 한다는 사명감으로요. 여기 당신과 함께 온 사람들도 마찬가지고요. 물론 켈레르 씨는 빼놓고 말입니다.

부르도프스키 씨, 당신은 비난받을 짓을 한 게 아무것도 없습니다. 그런 당신에게 기꺼이 우정과 도움을 주겠다고 방금 미쉬킨 공작이 말한 것입니다."

가냐가 말을 마치자 부르도프스키가 신경질적으로 외쳤다.

"나는 그딴 돈 필요 없다고 벌써 말했잖아요! 그 돈은 받지 않겠어요…… 왜냐고……? 원치 않으니까요…… 난 이제 가겠어요!"

그러자 공작이 부르도프스키에게 다가가며 말했다.

"미안해요. 다 내 잘못이에요. 사기라고 했던 것도…… 물론 당신에게 한 말은 아니었지만…… 가냐에게 모든 이야기를 다 듣지 못했기에…… 암튼 그 돈은 적선하려는 뜻으로 주겠다는 게 아니에요. 하지만 그런 식으로 하는 게 아니었어요…… 이젠 어쩔 수 없지요…… 당신이 나를 경멸하고 있으니……."

"이건 완전히 정신병원이잖아!" 리자베타가 소리쳤다.

"맞아요! 정신병원이에요!" 아글라야가 어머니의 말을 큰 소리로 되받았다.

리자베타는 이글거리는 눈으로 사람들을 노려보고 있었다. 꾹 참았던 화가 폭발하기 직전 상태였고, 누구에게든 달려들어 한바탕 싸움이라도 벌일 기세였다. 그녀는 공작을 향해 분노를 터뜨렸다.

"공작! 정말 고마워해야겠어! 정말 대접 잘 받았어! 이런 젊은이들의 말을 참으며 들을 수 있게 해주다니! 1년이 걸려도 씻기 어려운 수치를 맛보게 해주다니! ……이런 비열한…… 이런 난잡한 일이…… 꿈에 나타날까 두려운 일이…… 아니, 어떻게 저런 인간들이 세상에 있을 수 있는 거지? 아글라야, 나서지 말고 얌전히 있어! 알렉산드라, 입 닥치고 조용히 있어! 자, 공작! 그래, 저런 자들에게 용서를 빌다니! 용서를 빌며 돈을 주겠다고 하다니! 뭐야? 구걸하는 게 아니라 권리를 요구하는 거라고? 이런 뻔뻔스러운 자들! 그래, 공작! 저들에게 돈을 주러 갈 거요, 아니요?"

"갈 겁니다." 공작이 차분하게 대답했다.

"자, 모두 들었지! 너희들은 그걸 계산에 넣고 있는 거야! 이미 주머니에 돈이 들어와 있다고 생각하겠지? 우리들을 모두 속이려고! 하지만 나는 못 속여! 난 네놈들 속을 훤히 다 꿰뚫어보고 있어!"

"리자베타!" 공작이 소리쳤다.

"리자베타, 이제 그만 가시지요. 공작도 우리와 함께 갑시다. 벌써 갔어야 했는데……." 점잖은 목소리로 S 공작이 말했다. 리자베타의 딸들과 장군은 흥분한 어머니의 모습을 어쩌지 못하고 바라보고만 있었다.

리자베타는 아랑곳하지 않고 계속 말했다.

"흥, 이 강도 같은 놈들! 1만 루블을 거절하는 척하겠지. 양심상 받을 수 없으니까! 하지만 한밤중에 찾아와 공작을 죽이고 금고에서 꺼내 갈 거야! 그러면서 뭐 돼먹지 않은 소리를 지껄이고 있는 거야! 정말 기가 막혀서! 아니, 공작이 네게서 돈이라도 꿔갔다는 거야, 뭐야? 공작, 뭐라고 했어? 뭐, 저놈이 당신을 경멸한다고? 이거 뭐, 방귀 뀐 놈이 성을 내도 유분수지!

미친 거 아냐? 그런 놈들에게 잘못했다고 용서를 빌어? 이봐! 너, 그렇게 나를 보고 히죽거리지 마! (그녀는 이폴리트를 손가락으로 가리키며 말했다.) 네가 이 귀여운 꼬마를 타락시킨 거야. (그녀는 손가락으로 콜랴를 가리켰다.) 너는 하느님을 믿지도 않지? 그런 놈은 곤장을 맞아야 해! 자, 공작! 그런데도 당신은 내일 이들을 찾아가 돈을 줄 건가요?" 그녀는 거의 숨을 헐떡이며 공작에게 다시 물었다.

"네, 갈 겁니다."

"그래도 간다? 그렇다면 당신 같은 사람은 더 이상 안 볼 거야! 아니, 너는 왜 나를 보고 그렇게 히죽거리고 있는 거야!"

그 말과 함께 그녀는 갑자기 이폴리트에게 달려들었다. 그의 조롱하는 듯한 웃음을 참을 수 없었던 것이다. 아글라야가 "어머니, 창피하게 무슨 짓이에요!"라고 소리쳤고 모두들 그녀를 제지했다. 하지만 그녀는 벌써 이폴리트에게 달려들어 그의 두 팔을 꽉 쥐고 있었다. 그녀는 분노에 찬 시선으로 이폴리트를 노려보고 있었다.

이폴리트가 조용히 말했다.

"걱정 마세요, 아글라야. 당신 어머니도 죽어가는 놈을 어쩌지는 못하실 테니까요…… 제가 왜 웃었는지 설명해드릴게요…… 제게 말할 기회를 좀 주셨으면…….”

이어서 그는 약 1분 동안 심하게 기침을 했다.

“죽어가면서도 웅변을 하시겠다?”

리자베타가 그의 팔을 놓으며 말했다. 그가 입술에 묻은 피를 닦아내는 것을 보고 끔찍한 생각이 들었던 것이다.

“네, 그렇게 하겠습니다.” 이폴리트가 쉰 목소리로 말했다. “저는 집으로 돌아가는 즉시 자리에 눕게 될 겁니다. 그리고 2주 후에는 죽게 될 겁니다…… 지난주에 의사가 그렇게 말했습니다. 괜찮으시다면 여러분께 작별의 말을 몇 마디 드리고 싶습니다.”

“뭐야? 미쳤어? 말도 안 돼! 어서 가서 몸을 돌봐야지, 이 마당에 대화는 무슨 대화! 어서 가서 누워! 가서 누우라니까!” 리자베타가 겁에 질린 목소리로 말했다.

그러자 이폴리트가 웃으며 말했다.

“제가 일단 눕게 되면 영영 못 일어나겠지요. 어제 저는 자리에 누운 뒤 죽을 때까지 안 일어나려 했어요. 하지만 아직 다리가 지탱을 해주니 하루 이틀 늦추기로 마음먹었어요…… 그래서 친구들과 여기 온 겁니다…… 하지만 많이 피곤해요…….”

그러자 리자베타가 그에게 의자를 권하며 말했다.

“자, 그렇게 서 있지 말고 여기 앉아. 곧 숨이 넘어갈 것 같잖아. 넌 정말 쉬어야 해.”

“곧 영원히 쉬게 될 텐데요, 뭐. 오늘 나는 사람들 그리고 자연과 마지막 작별 인사를 하러 나온 셈이에요. 부인, 왜 제 마지막 소망을 안 들어주려는 건가요? 제가 오래전부터 부인과 가깝게 지내고 싶어했다는 걸 아세요? 콜랴가…… 부인 이야기를 많이 했거든요…… 부인은 특이한 분이에요…… 조금 전에도 그걸 분명히 알 수 있었어요…… 제가 당신을 꽤 좋아했다는 걸 아세요?”

“오, 그런 줄도 모르고 내가 네게 손찌검을 할 뻔했어! 자, 이 친구에게 차를 좀 갖다주세요.” 그러자 레베데프가 쏜살같이 밖으로 나갔고 베라가 그 뒤를 쫓았다.

제9장

베라는 금세 차를 들고 나타났다. 시계가 11시를 쳤다. 이폴리트는 베라가 따라준 차로 입술을 축인 후 말을 시작했다.

“저는 부인에 대해 일찍이 들은 이야기가 많아요…… 이야기를 듣는 게 재미있었고…… 당신을 아주 높게 평가했고…….”

그의 말투는 풍자적인 느낌을 주긴 했지만 그는 흥분해 있었다. 그는 주위를 자주 둘러보았고, 매번 생각의 갈피를 잃고 우왕좌왕하는 것 같았다. 하지만 거의 광기에 가깝게 번득이는 눈길이 사람들의 눈길을 끌었다.

“사실 저 스스로 놀랐는지도 몰라요. 저나 제 친구 같은 무리가 있는 곳에 당신 같은 분이 함께하고 있다는 게…… 게다가 따님들에게 이런 지저분한 이야기를 듣게 내버려두었다는 게…… 물론 소설을 읽어서 충분히 익숙한 이야기들이겠지만…… 게다가 제가 잘못 생각했을지도…… 제가 무슨 말을 하고 있는지도 잘 모르겠고…… 하지만 당신이 아니라면 그 누가 이런 애송이와 함께 저녁을 보내고…… 이야기를 나누고…… 다음 날 부끄러워하고…… 아, 어떻게 말해야 할지 잘 모르겠어요…… 정말 감사해요…… 물론 부인의 남편이신 장군 각하께서는 이 모든 게 불쾌하다는 얼굴을 하고 계시지만……."

그의 횡설수설을 못마땅하게 생각하고 있던 예판친 장군이 입을 열어 말했다.

"이보게. 젊은 친구, 내 아내가 지금까지 자네와 함께 있는 건, 자네가 환자이기 때문이야. 곧 숨이 넘어갈 것 같은 환자…… 자네에 대한 연민 때문에 남아 있던 거야."

"깊은 가르침에 감사드립니다." 이폴리트가 깊은 생각에라도 잠긴 듯 장군을 바라보며 말했다. 그러자 아글라야가 어머니에게 어서 나가자고, 이러다가 쓸데없이 밤을 새우게 될 거라고 말했다. 리자베타는 잠깐만 더 있자며 눈짓으로 남편에게 동의를 구했다.

이폴리트가 몽상에서라도 빠져나온 듯 황급히 다시 입을 열었다. 마치 할 말이 갑자기 생각났다는 듯 기쁜 표정이었다.

"그래요, 제가 하려던 말은…… 부르도프스키는 어머니를 보호하려 한 거예요. 그런데 결국 어머니를 욕되게 했어요. 공작은 부르도프스키를 도와주려 해요. 정말 진심에서 우러나와 그에게 우정과 거액의 돈을 주려고 해요. 그런데 그 두 사람이 지금 마치 불구대천의 원수인 양 마주 보고 있어요. 여러분 모두에게는 부르도프스키가 어머니를 위해 한 행동이 충격적이고 혐오스럽지요? 그렇지 않나요? 사실이지요? 여러분들은 모두 외형적 아름다움과 우아함에만 눈길을 팔고 있어요. 맞지요? 거기에만 신경을 쓰고 있지요? 나는 여러분들이 그 외에는 아무 관심도 없다는 걸 오래전부터 잘 알아왔어요. 하지만…… 여러분들 중 그 누구도 자기 어머니를 부르도프스키만큼 사랑하는 사람은 없어요. 공작, 나는 당신이 가냐를 통해 부르도프스키의 어머니에게 은밀히 돈을 보냈다는 걸 잘 알고 있어요. 저는 단언할 수 있어요." 이폴리트는 히스테릭하게 웃었다. "부르도프스키는 당신이 무례하다고, 자기 어머니를 존중하지 않았다고 당신을 비난할걸요. 틀림없어요, 하, 하, 하."

이어서 그는 다시 숨이 넘어갈 듯 기침을 했다.

"자, 이제 할 말 다 한 거야? 그렇다면 어서 가서 누워. 열이 정말 심해 보여." 리자베타가 걱정스러운 어조로 말했다.

"그래요. 이제 갈 때가 됐네요. 그런데 예브게니 씨는 아까부터 저를 비웃듯 바라보고 있네요. 제가 아무것도 모르는 어린애이고, 허풍만 떨고 있다고 생각하나봐요. 하지만 저는 열여덟 살 먹은 어린애가 아니에요. 오랜 세월 동안 병상에 누워, 혹은 창문을 바라보며 저는 많은 것들을 생각해왔어요…… 죽음에는 나이가 없어요…… 지난주 밤에 깨어나 그 생각을 했어요…… 예브게니 씨, 당신이 제일 두려워하는 게 무엇인지 아세요? 당신은 우리들을 경멸하고 있지만 그 무엇보다 우리들이 진실하다는 것을 두려워하고 있어요! 오늘 밤 그 생각이 확실하게 들었어요." 그는 갑자기 장군 부인을 향해 말머리를 돌렸다. "부인, 조금 전에 제가 부인을 비웃은 줄 아셨지요? 아녜요! 절대로 아니에요. 나는 부인을 칭찬하고 싶었어요…… 공작이 당신을 어린아이 같다고 했다지요? 콜랴가 말해줬어요. 그건 좋은 거예요…… 그런데…… 가만있자…… 내가 무슨 말을 하려고 했지? ……뭔가 할 말이 더 있는 것 같은데……."

그는 두 손으로 얼굴을 가리고 그 무언가 생각을 모으려 했다. 이윽고 그가 다시 말했다.

"그래, 바로 그거야! 당신들이 이곳을 떠나려 했을 때 갑자기 이런 생각이 들었어요. 나는 이 사람들을 다시는 보지 못

할 것이다! 결코 다시 보지 못할 것이다! 저 창밖의 나무들도 이제 마지막으로 보는 것이다. 이제 내 눈앞에는 내 창문 너머로 보이는 메이예르프 집의 빨간 벽돌담만 보이게 될 것이다…… 자, 저들에게 그 모든 것을 말해라…… 여기 죽은 자가 있다…….

여러분, 우습지 않으세요? 하지만 병상에 누워 있으면 많은 생각이 떠오른다는 걸 아세요? ……자연은 정말 조롱꾼이라는 확신을 갖게 된다는 걸 아세요? ……내가 무신론자라고 좀 전에 부인이 말했지요? 하지만 이 자연이라는 건…… 왜, 또 웃는 거지요? 정말 냉혹한 사람들이군요." 그는 슬픔과 비난이 뒤섞인 눈초리로 사람들을 둘러보았다.

"저는 콜랴를 타락시키지 않았어요." 그는 갑자기 정신이 든 듯 진지하게 말했다.

"아무도 너를 비웃지 않아! 진정해!" 리자베타가 감동을 받은 듯 고통스러운 어조로 말했다. "의사가 오진을 한 거야. 새 의사를 불러올 거야. 자, 어서 앉아. 너는 지금 헛소리를 하고 있어…… 아아, 이 아이를 어쩌지?" 그녀는 그를 황급히 의자에 앉혔다. 그녀의 눈에서 눈물방울이 반짝였다.

이폴리트가 조심스럽게 한쪽 손을 들어서 이 아름다운 눈물

방울을 건드렸다. 그리고는 앳된 미소를 지으며 기쁜 어조로 말했다.

"아…… 나는 콜랴를 타락시키지 않았어요…… 재가 당신 이야기를 얼마나 신이 나서 떠들었는지…… 난 그게 너무 좋았어요…… 나는 콜랴 한 명만 남겨놓고 저세상으로 가요…… 아, 나는 하고 싶은 게 너무 많았어요…… 하지만 지금은 아무것도 원치 않아요. 아무것도 원하고 싶지 않아요…… 왜, 왜 자연은 가장 훌륭한 존재를 창조해놓고, 그것을 비웃는 걸까요? 아, 나는 자연의 섭리에 따라 죽어요…… 만일 그렇지 않다면 끔찍한 거짓말을 하며 살겠지요…… 아, 죽는 게 얼마나 다행인지! 아, 나는 내게 15분만 주어지더라도 모든 사람을 설득할 수 있고 훌륭한 일을 할 수 있다고 생각했었는데…… 하지만 아무것도 한 것 없고 남긴 것 없이 이렇게 가요…… 여러분, 이 바보를 기억하지 마세요…… 잊어버리세요! 제발 저를 기억하는 그런 잔인한 짓을 하지 마세요…… 제가 폐병에 걸리지 않았더라도 자살했으리라는 걸 여러분은 모르세요?"

그는 소파에 몸을 던지고 두 손으로 얼굴을 가린 채 울기 시작했다. 리자베타가 그에게 다가가 그를 가슴에 꼭 안아주었다. 그리고 남편에게 이제 이 청년을 위해 어떻게 할 것이냐고 다

그치듯 물었다.

장군은 마지못해 입을 열었다.

"내 생각에는 당신처럼 흥분하는 것보다는 간병할 사람을 구해주는 게 급선무인 것 같군. 누군가 튼튼한 사람이 하룻밤 곁에서 돌봐줘야 할 거야. 오늘은 일단 안정부터 시키고 내일 다시 돌봐주기로 합시다."

그러자 이폴리트가 백지장처럼 새하얀 얼굴을 한 채 자리에서 일어났다. 그리고 묘한 웃음을 띤 채 부르도프스키와 레베데프의 조카 독토렌코 쪽으로 비틀비틀 다가갔다. 그들은 테라스 출구 쪽에 서 있었다.

그때 미쉬킨 공작이 갑자기 말했다. 약간은 밑도 끝도 없는 이야기였다.

"그래, 난 이런 걸 두려워하고 있었던 거야! 이럴 줄 알았어!"

리자베타는 공작이 겉보기에 멀쩡한 모습을 하고 있는 것을 보고 그가 건강을 완전히 되찾았다고 착각하고 있었다. 하지만 그는 어제 겪은 일들, 지금 눈앞에서 벌어지고 있는 일들의 충격으로 거의 열병 상태에 빠져 있었다. 게다가 그의 두 눈에는 새로운 우려, 혹은 새로운 공포라고 할 만한 기색이 드러나 있었다.

이폴리트가 공작을 향해 홱 고개를 돌렸다. 분노에 사로잡혀 온 얼굴 근육이 떨리고 있었다.

"당신이 두려워하던 거라고! 이럴 줄 알았다고! 자, 잘 들어 둬요…… 여기 있는 사람 중 내가 누군가를 증오한다면…… 그건…… 그건…… 바로 당신이라는 것을…… 당신, 위선적인 데다 달콤한 말만 달고 다니는 당신…… 백치이면서 은혜를 베푸는 백만장자…… 나는 오래전에 당신을 알아보았고 오래전부터 당신을 증오했어. 오늘 모든 일은 다 당신 때문에 벌어진 거야. 내가 이렇게 발작한 것도 당신 때문이야! 당신은 죽어가는 사람을 부끄럽게 만들었어! 나를 이렇게 비겁할 정도로 소심하게 만든 것도 당신이야! 내가 살아 있다면 당신을 죽일 거야! 당신의 호의는 필요 없어! 그 누구의 자비도 받아들이지 않을 거야! 난 아무것도 원치 않아! 내가 헛소리를 지껄였지만 당신들 모두 의기양양해할 것 없어! 난 당신들 모두를 저주해!"

그는 숨이 차서 더 이상 말을 잇지 못했다. 리자베타 곁에 있던 레베데프가 "눈물을 보인 게 부끄러워서 저러는 겁니다"라고 그녀에게 속삭였지만 그녀는 레베데프에게 눈길 한 번 주지 않았다. 그녀는 당당하게 서서 사람들을 훑어본 후 미쉬킨 공작을 향해 말했다.

"공작! 우리 집의 특별한 친구, 공작, 정말 고맙구려. 우리 모두에게 이렇게 훌륭한 저녁을 마련해주었으니…… 당신의 이 기상천외한 놀이에 우리 모두를 끌어들여서 정말 기분 좋겠구려. 우리 집의 다정한 친구! 당신을 속속들이 알 기회를 주어서 고마워요."

이어서 모두들 그곳을 떠나갔다. 그러나 그날의 사건은 그것으로 끝난 게 아니었다.

리자베타를 비롯해 예판친네 가족들이 층계를 내려와 거리를 향해 발걸음을 옮겼을 때였다. 흰 말 두 필이 끄는 마차가 공작의 별장 주변을 지나고 있었다. 마차에는 화려하게 화장을 한 여자 두 명이 앉아 있었다. 그런데 그 마차가 갑자기 멈춰서더니 그중 한 명이 뒤를 돌아보며 말했다.

"예브게니. 당신 맞지? 당신을 찾으려고 하루 종일 헤맸는데 겨우 찾았네."

막 공작의 집에서 나서던 중인 예브게니는 마치 벼락이라도 맞은 듯 계단 위에 서 있었다. 리자베타도 역시 제자리에 놀란 듯 서 있었지만 예브게니처럼 기겁한 모습은 아니었다.

그 여인의 말이 계속 이어졌다.

"좋은 소식이 있어. 쿠프페로프 어음 걱정은 말아. 로고진이 그걸 3만 루블에 다시 사들였으니까. 내가 그걸 그에게서 받아냈어. 당신, 석 달 정도는 아무 일 없을 거야. 비스쿠프 쪽 일도 걱정 마. 우리가 다 잘 아는 사이니까…… 자, 다 잘됐지? 그럼 내일 봐!"

마차가 움직이더니 사라졌다.

"뭐야! 미친 여자 아냐?" 마차의 뒤에 대고 예브게니가 고함을 질렀다. "어음이라니, 도대체 무슨 소리야! 도대체 저 여자, 누구야?"

리자베타는 잠시 더 예브게니를 바라보다가 자신의 별장으로 돌아갔고, 극도로 흥분한 예브게니는 정확히 1분 후 공작 앞에 다시 나타났다.

"공작, 이게 다 무슨 일인지 알겠소? 어음이라니? 도대체 무슨 소리인지……."

"저도 모르겠습니다." 공작이 말했다. 공작도 마차에 탄 여자가 한 말을 들었다. 그도 예브게니 못지않게 충격을 받은 모습이었다.

"나도 모르겠소." 예브게니가 갑자기 어이없다는 듯 웃음을 터뜨리며 말했다. "내 명예를 걸고 하는 말이지만 정말 모르는 일이오. 그런데 어쩐 일이오? 얼굴이 그렇게 창백하니…… 마치 기절이라도 할 것 같구려."

"아니, 아닙니다…… 정말, 괜찮습니다…… 전, 그냥……."

제10장

공작의 거처에서 그런 소동이 있은 지 사흘 내내 공작은 예브게니를 향해 수수께끼 같은 말을 던진 이상한 여인의 일에 사로잡혀 있었다. 그는 그 생각을 할 때마다 이런 의문에 사로잡혔다.

'이 괴상망측한 일이 벌어지게 한 장본인이 바로 내가 아닐까? 아니면 단지…… 그렇다면 도대체 누구의 잘못일까?'

공작이 원인을 제공했던 그 난장판 소동이 있은 다음 날 아델라이다와 S 공작이 미쉬킨 공작을 찾아왔다. 둘은 산책을 하다 공작의 건강이 염려되어 들렀다고 했다. 아델라이다는 자신이 최근에 그린 그림 이야기만 했으며 S 공작은 온화한 미소를 띠고 미쉬킨 공작에게 그들이 처음 만났을 때의 일을 주로 이야기했을 뿐, 지난밤의 일에 대해서는 입을 열지 않았다.

이윽고 작별 인사를 나누기 직전 S 공작이 갑자기 생각난 듯 미쉬킨 공작에게 물었다.

"참, 공작! 어제 마차 안에서 예브게니에게 소리친 여자가 누구인지 아십니까?"

그러자 공작이 말했다.

"그녀는 나스타시야 필리포브나입니다. 모르고 계셨나요?"

"아, 나도 그녀를 압니다. 하지만 그녀가 한 말이 도대체 무슨 뜻일까요? 도통 수수께끼 같은 말이라서…… 나만 그런 게 아니라 다들 그렇게 생각할 겁니다."

"글쎄요…… 어음에 관한 이야기였는데…… 어음을 로고진에게서 넘겨받았고…… 그래서 예브게니 씨에게 시간을 주었다는 이야기 같던데……."

"공작, 그건 나도 들었소. 똑똑히 들었지. 하지만 그럴 리가 없소! 예브게니처럼 돈 많은 사람이 돈을 빌리고 어음을 써주다니! 그 때문에 곤란을 겪다니! ……게다가 나스타시야와 예브게니가 서로 말을 놓을 정도로 가까운 사이일 리가 없소…… 내가 가장 미심쩍어하는 것도 바로 그 부분이오…… 공작, 혹시 들은 이야기라도 없소?"

“아니, 난 아무것도 몰라요. 난 아무 관련이 없어요.” 공작이 펄쩍 뛰었다.

“아니, 공작 왜 그러시오? 공작답지 않게…… 내가 당신이 무슨 그런 음모와 관련 있다고 생각하는 줄 아시오? ……당신, 평소와 좀 다르군요.”

“어쨌든 저는 무슨 일인지 전혀 몰라요. 어쩌면 어제 들은 그대로 아닐까요? 정말로 어음과 관련된…….”

“공작, 내 다시 말하겠소. 잘 들어보시고 판단하시오. 예브게니는 정말로 부자요. 그의 재산은 내가 잘 알고 있소. 게다가 앞으로 백부로부터 아주 큰 재산을 상속받게 될 거요. 도대체 그가 그녀와 무슨 관련이…… 게다가 로고진에게 어음을 발행하다니…… 나스타시야라면 그저…….”

S 공작은 거기서 말을 멈추었다. 공작과 나스타시야에 대한 이야기를 나누고 싶어하지 않는 눈치였다. 미쉬킨이 잠시 잠자코 있다가 말했다.

“어쨌든 그녀가 예브게니를 알고 있군요!”

“전에 알았을 수도 있지요. 하지만 둘이 알았다 하더라도 이미 2, 3년 전 일이오. 당시 예브게니는 토츠키 씨와도 교분이 있었으니까…… 어쨌든 그 당시도 둘이 말을 틀 만큼 가깝게 지내지는 않았소."

공작은 아무 대답도 하지 않았다. 둘은 공작에게 인사를 건넨 후 자리를 떴다. 그들이 떠나자 공작은 사람들이 이 사건에 모종의 음모가 개입되어 있다고, 자신이 그 음모에 어떤 식으로건 연루되어 있다고 생각한다는 것을 알 수 있었다.

그날 하루를 그는 레베데프의 아이들과 함께 지냈다. 아이들과 이미 친해진 그는 겉보기에는 즐거운 시간을 보냈다. 특히 베라와는 아주 친해졌다. 하지만 그는 초조했다. 누군가를 애타게 기다리고 있었던 것이다. 그가 기다리고 있는 사람은 가냐였다.

가냐는 저녁 7시가 되어서야 나타났다. 가냐를 보자마자 공작은 그가 사태의 진상을 다 알고 있으리라고 생각했다. 바랴와 프티진 같은 정보통들이 곁에 있는데 어찌 상황을 모를 리 있겠는가?

가냐는 나스타시야에 대해 알아온 바를 공작에게 이야기해주었다. 그녀가 이곳의 다리야 알렉세예브나의 별장으로 온 것은 사나흘밖에 안 되었다는 것, 그럼에도 불구하고 젊은이부터 늙은이까지 그녀 주변에 구애자들이 들끓고 있어 일종의 부대(部隊)를 형성하고 있다는 것 등을 이야기해주었다. 가냐는 어제 사건이 의도적이라는 말을 슬쩍 흘리면서, 왜 그렇게 생각하느냐는 질문을 공작이 해주기를 은근히 기대했다. 하지만 공작은 여전히 듣고만 있었다.

가냐는 공작이 묻지 않았는데도 예브게니에 대해서도 여러 가지 정보를 들려주었다. 그는 예브게니는 나스타시야와 겨우 안면을 틀 정도의 사이일 뿐이며, 어음 문제는 있을 수 없는 일이라고 확신하듯 힘주어 말했다. 그리고 예브게니의 재산은 상당하지만 그의 영지의 재정은 흔들리고 있는 상태라고 말했다. 하지만 공작이 더 이상 묻지 않았기에 나스타시야가 어제 왜 그런 행동을 했는지에 대해서는 한마디도 하지 않았다. 아마도 가냐는 공작이 그 질문을 해오고, 그런 후 둘이 흉금을 터놓고 이야기를 나눌 수 있기를 바랐는지도 모른다.

얼마 후 가냐의 동생 바랴가 오빠를 만나러 와서 잠시 머물렀다. 그녀는 아무도 묻지 않았건만 예브게니가 오늘 페테르부르크로 갔으며 자기의 남편 프티친도 동행한 것으로 보아 분명 무슨 일이 있는 게 틀림없다고 말했다. 그녀는 공작의 집을 나서면서 덧붙였다.

"웬일인지, 리자베타의 심기가 아주 불편한 것 같아요. 하지만 진짜 이상한 건 아글라야가 가족 전체에게 화를 냈다는 거예요. 부모뿐만 아니라 언니들과도 심하게 말다툼을 했어요."

그녀는 공작에게 아주 의미심장할 수 있는 그 소식을 전한 후 오빠와 함께 밖으로 나갔다.

그들이 나가자 공작은 비로소 혼자 있게 된 것이 기뻤다. 그에게 아무도 없는 곳으로 훌쩍 떠나 혼자 있고 싶다는 생각이 들었다. 하지만 그럴 수는 없었다. 그는 자신이 온 힘을 기울여 해결해야 할 문제들이 남아 있다고 생각했다.

공작이 이런저런 생각에 잠겨 있는데 켈레르가 불쑥 찾아왔다. 그는 공작에게 온갖 변명과 아부의 말을 늘어놓더니 결국 소기의 목적을 달성했다. 그가 구걸조로 요구한 24루블의 돈을 공작이 선선히 내준 것이다. 켈레르는 공작에게 충성을 맹세했다. 이어서 콜랴가 몇 가지 소식을 갖고 나타났다.

공작은 콜랴를 통해 아글라야가 가족들과 논쟁을 벌인 이유를 알고 놀랐다. 그녀가 가냐를 옹호하기 위해 가족들과 날을 세웠다는 것이었다. 밤늦게 장군이 예브게니와 함께 돌아왔는데 가족들이 모두 예브게니를 환대해주었다는 이야기도 콜랴는 들려주었다. 그리고 리자베타가 딸들이 모두 있는 자리에서 가냐의 누이동생 바랴에게 그 집 출입을 금했다는 소식도 전해주었다. 딸들은 어머니가 왜 그녀의 출입을 금하는지 그 이유를 알 수 없었다.

그런 식으로 이틀이 지나고 사흘째가 되었다. 저녁 7시쯤 공작은 공원으로 산책 나갈 준비를 하고 있었다. 테라스에 리자베타의 모습이 보였다. 그녀는 혼자였다.

그녀는 다짜고짜 공작에게 말했다.

"당신에게 사과하려고 찾아온 게 아니에요. 나도 잘못한 게 있지만 당신 잘못이 더 크니까요.당신도 그건 알고 있겠지요?"

"맞습니다, 저도 잘못했습니다. 하지만 우리 두 사람 다 고의로 잘못한 건 아닙니다."

두 사람은 자리에 앉았다. 그러자 그녀가 말했다.

"당신, 두 달인가, 두 달 반전에 아글라야에게 편지를 보낸 적이 있지요?"

"그, 그렇습니다."

"무슨 의도였지요? 무슨 내용이었어요? 어서 말해봐요."

공작은 얼굴이 빨개졌다. 그러나 부인이 재차 재촉하자 그는 지금도 정확하게 기억하고 있는 편지의 내용을 그대로 들려주었다.

"도대체 무슨 뚱딴지같은 소리를! 도대체 왜 그런 헛소리를 한 거예요!"

"저 자신도 잘 모르겠습니다. 다만 그때 제 심정을 솔직하게 쓴 것만은 분명합니다. 당시, 삶이 충만해 있고 희망에 가득 찬 순간들이 찾아오곤 했지요."

"도대체 무슨 희망들이라는 거예요?"

"설명해 드리기가 어렵네요. 하지만 부인이 지금 생각하고 계신 것과는 거리가 먼…… 한마디로 미래에 대한 꿈, 기쁨에 대한 꿈같은 것…… 아마도 그때 저는…… 제가 이제 이 땅에서 이방인이 아니라는 생각을…… 제가 조국에 있다는 것을 갑자기 실감하게 되었다는 것…… 그래서 어느 햇살이 가득한 날 그녀에게 편지를 썼어요…… 왜 하필 그녀에게 썼는지는 모르겠어요…… 누구에게나 가끔 친구가 필요한 순간이 있지요…… 저는 바로 그런 감정에 사로잡혀 있었던 것 같아요."

"당신, 그 애를 사랑하나요?"

"아뇨, 아닙니다. 누이에게 쓰듯이 썼어요."

"지금 거짓말 하고 있는 거 아니지요?"

"절대로 아닙니다."

"좋아요. 그렇다면 한 가지 더 묻지요. 도대체 그 「가난한 기사」 이야기는 뭐예요?"

"그건 저도 전혀 모르겠습니다. 저하고는 아무 상관없는, 그저 농담 아닌가요?"

"단번에 단언하는군요! 좋아요! 도대체 그 애가 당신에게 끌린다는 게 말이 돼요? 당신을 '병신'이니 '백치'라고 놀리기까지 했는데…… 그렇다면 한 가지 묻지요. 그 나스타시야 말이에요. 그녀와 결혼하려고까지 했지요? 그녀를 사랑하나요? 그녀와 결혼하려고 모스크바로부터 온 건가요?"

"아닙니다."

"맹세할 수 있어요?"

"맹세할 수 있습니다."

"그 말을 믿겠어요. 자, 키스를 해주세요. 이제야 좀 숨을 쉴 수 있겠네. 하지만 아글라야가 당신을 사랑하고 있지 않다는 건 알아둬요. 내가 살아 있는 한 그 애와 결혼은 안 돼요! 알았어요?"

"알겠습니다."

"자, 이제 마지막으로 묻겠어요. 그 여자가 그날 마차에서 왜 그렇게 소리를 질렀는지 당신은 알고 있지요?"

"솔직히 저는 그 일과 정말로 무관합니다. 전혀 아는 것도 없습니다."

"그래요? 그 말도 믿지요. 그렇다면 무슨 뜻으로 그런 짓을 한 거지? 어쨌든 예브게니를 의심했던 건 내 잘못이에요. 하지만 내가 예브게니를 아글라야의 짝으로 생각한다는 오해는 하지 마세요. 내 눈에 흙이 들어가기 전까지는 절대로 안 돼요. 당신 앞에서 내가 분명히 선언해요. 이제 내가 당신을 얼마나 믿고 있는지 알겠지요? 그러니 이런 이야기를 다 해주고 있는 거예요."

"네, 정말 감사합니다."

그녀는 공작을 뚫어지게 바라보았다. 예브게니에 대한 자신의 말을 듣고 그의 반응이 어떤지 알아보려는 것 같았다. 그녀가 다시 입을 열었다.

"당신 가냐에 대해 아무것도 모르고 있지요?"

"글쎄요…… 저는 제법 많은 걸 알고 있다고……."

"그 사람이 요새 아글라야와 만나고 있는 거 몰라요?"

"그래요? 전혀 몰랐습니다." 공작은 흠칫 놀랐다.

"그래요. 바랴가 쥐새끼처럼 길을 닦아놓았다니까요. 어휴, 그런 것도 모르다니! 세상에 당신 같은 사람이 또 있을까! 그럼 그 가냐인지 바랴인지가 그 애를 필리포브나와 연결해준 것도 모르고 있겠군요."

"뭐라고요? 누구를?"

"아글라야 말이에요. 어쨌든 왜들 그러는지 모르겠어요. 당신만 정말 천치처럼 아무것도 모르고 있고……."

그러자 공작이 약간 미소를 띠고 말했다.

"저만 그런 게 아니라 실은 부인도 정말 순진한 어린애 같습니다."

그러자 리자베타가 얼굴이 빨개지며 말했다.

"아니, 나한테 뺨이라도 한 대 맞으려고 그래요?"

"아뇨, 그러고 싶지 않은데요. 부인께서 편지 내용을 듣고 기뻐하시면서 겉으로는 내색을 않으려 하니까 그러는 겁니다. 그렇게 자신의 감정을 감추려 하실 필요가 있나요? 부인께서는 늘 그러세요."

부인의 얼굴이 하얗게 질리는 듯하더니 화를 내며 말했다.

"이제부터 내 집에 발걸음도 하지 말아요. 당신과는 같은 공기를 마시며 숨 쉬고 싶지 않아요!"

"사흘도 가기 전에 집에 함께 가자고 저를 데리러 오실 거면서 왜 그러십니까? 자, 부끄럽지 않으세요? 왜 얼굴이 붉어지시나요?"

"죽을 때까지 당신을 다시는 보지 않을 거예요! 당신 이름도 잊을 거예요! 당신을 아예 잊을 거예요!"

그녀는 이미 공작으로부터 멀어져 저만치 걸어가기 시작했다. 그녀의 등 뒤에 대고 그가 소리쳤다.

"당신이 그러지 않더라도 저는 이미 당신 집 출입이 금지되어 있는 몸입니다!"

"아니, 누가 출입 금지령을 내렸다는 거예요?" 그녀가 발걸음을 멈추고 고개를 돌리며 말했다.

공작은 어색한 기운이 역력했다. 자신이 무심코 실언을 했음을 깨달은 것이다.

"도대체 누가 그랬느냐고요!" 부인이 다시 고함을 지르면서 공작에게 다가왔다.

"아글라야 이바노브나입니다."

"언제? 빨리 말해요."

"오늘 아침입니다. 그녀가 쪽지를 보내왔습니다."

리자베타가 어서 그 쪽지를 보여달라고 재촉하는 바람에 공작은 주머니에 쑤셔 넣었던 쪽지를 꺼내 그녀에게 내줄 수밖에 없었다.

미쉬킨 공작! 이런 일들이 일어났는데도 당신이 우리 별장으로 찾아와 나를 놀라게 하는 일이 벌어진다면 나는 결단코 당신을 반가워하지 않을 것임을 명심하세요.

아글라야 예판치나

부인은 쪽지를 읽은 후 약 1분 동안 생각에 잠겨 있었다. 그러더니 갑자기 공작의 팔을 잡고 잡아끌었다.

"자, 당장, 가요! 지금 당장 가야 해요!" 그녀가 격하게 외쳤다. 그녀는 이상할 정도로 흥분해 있었고 다급해하고 있었다.

"하지만, 제가 가면…… 저는……."

"도대체 뭘 망설이는 거예요? 이런 숙맥 같으니! 아니, 그러고도 사내라고! 자, 어서 가요! 내 두 눈으로 직접 확인해야겠어요!"

그녀는 들릴 듯 말 듯 하게 중얼거렸다.

'아니, 내가, 우리 집에 찾아오지 않는 공작을 바보라고 했더니 그런 편지를 보내다니! 공작이 찾아오지 않는 게 괘씸해서 그런 편지를 보낸 거야! 원, 정숙한 처녀답지 못하게! 그 애도 참! 이 사람이 백치란 걸 모르고! 그런 편지를 보내면 정말 안 찾아올 걸 모르다니!'

그녀는 퍼뜩 정신을 차리고 공작의 팔을 잡아끌면서 말했다.

"아니, 뭘 그렇게 귀 기울이고 있어요? 어쨌든 그 애에게는 당신 같은 광대가 필요해요. 그 애는 당신을 표적 삼아 갖고 놀 거예요. 나는 그게 기분이 좋아요. 당신은 그런 취급을 당해 마땅해요! 그래, 그 애라면 얼마든지 그럴 수 있을 거야!”

백치 I

생각하는 힘: 진형준 교수의 세계문학컬렉션 45

펴낸날 **초판 1쇄 2020년 6월 10일**

지은이 **표도르 도스토예프스키**
옮긴이 **진형준**
펴낸이 **심만수**
펴낸곳 **(주)살림출판사**
출판등록 **1989년 11월 1일 제9-210호**

주소 **경기도 파주시 광인사길 30**
전화 **031-955-1350** 팩스 **031-624-1356**
홈페이지 **http://www.sallimbooks.com**
이메일 **book@sallimbooks.com**

ISBN 978-89-522-4213-6 04800
978-89-522-3986-0 04800 (세트)

※ 값은 뒤표지에 있습니다.
※ 잘못 만들어진 책은 구입하신 서점에서 바꾸어 드립니다.

이 도서의 국립중앙도서관 출판시도서목록(CIP)은 서지정보유통지원시스템 홈페이지(http://seoji.nl.go.kr)와 국가자료공동목록시스템(http://www.nl.go.kr/kolisnet)에서 이용하실 수 있습니다.(CIP제어번호: CIP2020019670)

책임편집 **최정원**